捧 读

触及身心的阅读

和古代学霸握个手 2

急脚大师 著

南方出版社
海口

图书在版编目（CIP）数据

和古代学霸握个手.2 / 急脚大师著. — 海口：南方出版社，2023.11

ISBN 978-7-5501-8656-9

Ⅰ.①和… Ⅱ.①急… Ⅲ.①历史故事 – 作品集 – 中国 – 当代 Ⅳ.①I247.81

中国国家版本馆CIP数据核字(2023)第193740号

和古代学霸握个手.2

HE GUDAI XUEBA WO GE SHOU . 2

急脚大师【著】

责任编辑：	姜朝阳
封面设计：	陈旭麟 @AllenChan_cxl
出版发行：	南方出版社
邮政编码：	570208
社　　址：	海南省海口市和平大道70号
电　　话：	(0898) 66160822
传　　真：	(0898) 66160830
经　　销：	全国新华书店
印　　刷：	河北鹏润印刷有限公司
开　　本：	880mm×1230mm　1/32
印　　张：	8
字　　数：	193千字
版　　次：	2023年11月第1版　2023年11月第1次印刷
定　　价：	45.00元

目录

▶ 前言

▶ 第一章　能文能武，永不落伍

004　姜尚　☆ 这一刻，我等了好多年

011　张仪/王僧儒/刘芳/王溥　☆ 手抄书与最强"干饭人"

018　李斯　☆ 老鼠就要爱大米

023　路温舒　☆ 写字没竹简，蒲草来帮助

026　翟方进　☆ 智商不够，勤奋来凑

030　冯异　☆ 任何失败都击不垮我的斗志

035　祖莹　☆ 小朋友，快点躺下睡会觉吧

039　王珣　☆ 左手拿书，右手舞剑

042　韩建　☆ 从晚唐大文盲到后梁大宰相

046　郑樵　☆ 史学界的独行侠

▶ 第二章　学好数理化，走遍天下咱不怕

050　蔡伦　☆ 造纸，是为了满足大客户的需求

056　马钧　☆ 三国时期的"机器制造专家"

061　葛洪　☆ 做神仙，也要做得高大上

065　郦道元　☆ 地理也可以很有趣

071　郭守敬　☆ 在科学探索的路上停不下来

079　朱震亨　☆ 半路杀出的"活神仙"

084　梅文鼎　☆ 学好数学，咱有"四不怕"

088　徐寿　☆ 千里黄河水滔滔，学霸家庭永不倒

▶ 第三章　三百六十行，学霸也很强

098　伊挚　☆ 煮着火锅上战场

104　竺道生　☆ 做和尚，也要做得高大上

107　李春　☆ 给我一个支点，我能飞架河水南北

111　雷威　☆ 当古琴注入了灵魂

114　谢小娥　☆ 人狠话不多，踏上复仇路

120　梵正　☆ 有山有水，有花有草，这不是别墅，而是饭桌

123　黄道婆　☆ 江南地区的致富带头人

127　陆子冈 / 王叔远　☆ "神雕"大侠

132　董小宛　☆ 拥有高超厨艺的"秦淮八艳"之一

136　何心安　☆ 一两银子起家的超级富豪

141　戴梓　☆ 我也能造出冲天炮

▶ 第四章　搞艺术，我也是专业的

146　师旷　☆ 失去双眼，换一种方式感知世界的美好

154　韩娥　☆ 哭，也能哭得惊天动地

158　公孙大娘　☆ 让街头艺术走进皇家戏台

161　怀素　☆ 和尚喝完酒，写字不用愁

166　钟隐　☆ 为了艺术而"献身"

168　文与可　☆ 使出洪荒之力来画画

172　王冕　☆ 黑夜给了黑色的眼睛，我却用它来寻找光明

▶ 第五章　君王学习也疯狂

176　熊绎　☆ 肺被气炸了，应该怎么办？

181　齐威王等　☆ 我是你们的前行"发动机"

189　刘秀　☆ 这个帅哥皇帝，太完美了

198　曹操等　☆ 感动三国的最美读书人

203　宋太祖 / 宋太宗等　☆ 读好书，世界都是你的

211　康熙　☆ 自虐式的作息时间表

▶ 第六章　学霸们的自我修养

218　竖刁 / 卫开方 / 易牙　☆ 虽然不一起出生，但可以一起祸害苍生

222　来俊臣 / 周兴　☆ 咱们共同研究"整人秘籍"

228　祢衡 / 张良　☆ 傲慢和谦虚的两个极端

234　项羽　☆ 三分钟热度，满盘皆输

240　颜之推　☆ 兄弟，醒醒吧！

▶ 参考文献

前　言

人不拼命枉少年，青少年正是读书时，读书的习惯在此时一旦养成，受益终身。因为人生的逆袭靠的就是坚持不懈地学习与钻研。

"龟兔赛跑"的故事，我们都知道，但这只是一个童话。现实中很多兔子并不会睡懒觉，兔子们的努力程度你可能想象不到。而我们身为普通人，想要改变现状，又凭什么不努力？

学霸不是男人的专利，女学霸们也能赚钱养家。她们既能上得厅堂，也能下得厨房。忽而"轻罗小扇白兰花，纤腰玉带舞天纱"，忽而"蜀锦征袍自翦成，桃花马上请长缨"。姐姐们也能英姿飒爽，乘风破浪。

才华不仅仅指一个人会吟诗、作赋、写文章。一个读书人，没有通过科举考试，却钻研科学知识，成为一个大学者，他是学霸；一个厨师，认真研究各种菜式，钻研烧菜的技术，最终成为行业的佼佼者，他是学霸；一个技工，热爱自己的事业，创造出很多经典的作品，他也是学霸。学霸不仅指文史学者，还有科学专家、能工巧匠、君王皇帝、将领草根……

学霸最需要的品质就是在面对诱惑时，抵得住诱惑，受得了寂寞，坐得了冷板凳，忍得了嘲讽，在前行的路上坚持不懈，百折不挠。普通人在生活中用不到那么多的权谋争斗和诗词歌赋，但只要能静下心来深入研究某一门学问，能在自己选择的领域内不断挑战新的技能，即使成为不了领导或富豪，也可以将平凡的生活过得精彩，感受这个世界的美好与快乐。

这本书会为你带来"学霸"的全新定义。全新的内容，让你看到各个阶层、各个领域、不同性别的学霸故事以及他们身上永不言败的精神，还可以让你明白学霸们应该具备什么样的自我修养。

第一章

能文能武，永不落伍

在古代，因为考试的内容、帝王看重文人等，大家都非常注重文史才能，往往是一招鲜，吃遍天。对武人来说，读书也许不是第一位的，但想要成为百战百胜的将领，也得认真学习。无论文科天才，还是沙场高手，只要在自己的领域内努力成为学霸，就永远都不会落伍。

姜尚·这一刻，我等了好多年

有个老头学了无数本领，但一直得不到重用，直到七十岁还一事无成，闲在家里没事干。换作普通人可能早就拿把凳子坐在门口晒太阳了，跟邻居吹吹牛，跟小孩逗逗玩。可是他不，他在等一个机会，他要争一口气，不是证明自己有多了不起，而是要告诉别人，自己失去的东西一定要拿回来。

算起来他也是个官N代，他的先祖因为辅助大禹治水有功而被封在了吕地。他出生时，家道已经败落，他也沦为平民。不过幸运的是，因为先祖做过官，家族里还有人能教他识字。

年轻时，他尝试过很多"接地气"的职业：宰牛卖肉的屠夫、酒店卖酒的小老板……什么工作能填饱肚子，他就做什么。不过他好像无心工作，整天就爱埋头学习天文地理、军事谋略等各种知识。他经常拿着几块乌龟壳、石头片（甲骨文）翻来覆去地看，有时还会削几块木片，在上面刻些普通人根本看不懂的图形、文字。

生活贫困，他老婆不满意，他们便经常吵架。为了转移夫妻矛盾，他经常跟老婆说自己以后会如何治国安邦。他老婆马氏可不吃浪漫主义那一套，画大饼骗骗小姑娘可以，骗老娘，省省吧！看着穷得叮当响、吃了上顿没下顿的丈夫,想着自己嫁过来没享过一天福,她再也受不了了。离婚,我要跟你离婚!

他听后却淡定地说:"总有一天我会飞黄腾达,带你走进媳妇的美好时代,你还是等等吧!"

鬼才信你!多少年的彷徨,我依旧脸色发黄!于是她愤怒地甩下一句:"骗鬼去吧,我走了!"

就这样,老婆留下了一个毅然决然的身影,离开了他。唉,夕阳西下,断肠人在天涯。

时间飞驰,油腻大叔熬成了苦闷老头,上天终于睁开眼,给了他一个机会。

当时,商纣王残暴不仁,肆意杀戮,朝廷腐败,民不聊生,大家的心里憋着一口气,就等着有人一声怒吼,揭竿而起。臣属于商朝的诸侯国——周国,正是姬昌当政,他重视人才,生活勤俭,爱护百姓,经常下基层、去民间。许多诸侯国以及商朝中央政府的人才投奔到他那儿去,他也会量才使用,给他们钱和待遇,更给他们面子。

老头一想,我不也是人才吗?姬昌不就是我等的那个机会吗?可是怎么让他注意到我呢?

要想产品卖得好,广告策划少不了。他成功策划了一场千年的偶遇!

他来到周国的一条河边,弄了一根木棍和一条没有鱼钩的绳子,每天坐在河边,装模作样地钓鱼,眼睛时不时瞟一下背后。他早就调查清楚了,这里是西伯侯姬昌打猎的必经之地。

果不其然!有一天,打猎归来的姬昌注意到坐在石头上钓鱼的奇怪老头，心想，他没有钩子，如何能钓上鱼？

　　姬昌被老头成功吸引，主动上前攀谈。不谈不要紧，一谈吓一跳，他发现这个老头学识渊博，才高八斗，历史时势、行军布阵、治国安邦，样样精通，自己要想成就大事，非和他合作莫属！姬昌拉着老头的手特别激动，老头看着姬昌也特别兴奋，四目相对，一切尽在不言中：终于等到你，还好没放弃！

　　姬昌亲自扶老头上专车（车辇），一起回王宫，他拜老头为太师，人称"太公望"。

　　老头名叫姜子牙！

　　遇到姬昌，姜子牙的人生开启了开挂模式。他辅佐周文王治理国家，又帮助周武王推翻了商纣王朝，成为周朝的开国功臣，被封在了齐地，建立了诸侯国——齐国。他的故事激励了一代又一代的人，还被写进了小说《封神演义》中，成为里面的灵魂人物。

　　奋斗永不停止，读书永无止境，否则当机会来临的时候，如果没有两把刷子，肯定也抓不住。

　　前妻马氏听说丈夫成了开国功臣，顿时后悔了。原来那个"死鬼"之前不是在吹牛啊，唉，我当初那么冲动干吗？离婚也可以复婚嘛！老公，我回来了！她跋山涉水找到姜子牙，厚着脸皮要求复婚。老公，以前是我不对，你看在孩子的分儿上，收留我吧！

　　姜子牙骂都懒得骂了，直接拿起一壶水泼到地上，对前妻说："你能把泼出去的水收回来，我就立马跟你复婚。"

　　马氏立刻伏在地上拼命地抓来抓去，只抓回一堆烂泥，她可怜巴巴地看着前夫："你干吗泼水，泼个面条我不就捡起来了吗？"

　　姜子牙淡淡地说："若言离更合，覆水已难收。"泼出去的水是收不回来的，我们还是算了吧！他说完转身就走了。那个决然的转身跟当年的马氏何其相似！马氏的心里拔凉拔凉的，乍起的秋风带走了她的思念和眼泪！

即使到了自己的封地，一大把年纪的姜子牙还不忘向当地人学习。

周武王灭掉商朝以后，同姜子牙、周公旦等人商议，要把全国分成若干个诸侯国，由周天子分封给在灭商大业中做出贡献的亲戚和有功之臣，充当周朝统治中心的屏障，即所谓的"封建亲戚，以藩屏周"。这样一来，一旦发生战争，这些外围的国家都要替周天子"挡子弹、挨炮轰"。

姜子牙因为在灭商中功劳很大，被封在了齐国，尊称姜太公。伯禽因为有周公旦这个好老爸，被封到了鲁国。周公旦仍然在朝中辅佐周成王。

伯禽临行前，周公旦劝他道："我是文王的儿子、武王的弟弟、成王的叔父，地位也不算卑贱。然而我洗一次头，也会忙得三次握起头发；吃一餐饭，更是三次吐出食物。我在吃饭的时候，拜访的客人来了，我会马上停下碗筷，去迎接客人（这是成语"周公吐哺"的来历，表示上位者礼贤下士，谦虚地接待来访的贤能人士）。你到了鲁国后，千万不要因为自己是老大而对人傲慢无礼。"

伯禽听后认真地点点头："老爸，我记住了，不成名，誓不归。"

姜太公到了齐国后，才五个月就去朝廷汇报工作，周公旦惊讶地问："为什么来得这么快？事情都做完了？"姜太公说："我大大简化了君臣礼仪，一切政策命令尽量通俗易懂，符合实际。"

在政治上，姜太公选拔有才能的人做官，"招聘"大批当地人才加入齐国的官员队伍。不管是谁，只要有才能、有干劲，都可以

在齐国得到很好的待遇。

在文化上，他尊重当地人的生活习惯和礼仪制度，你们爱吃什么，爱干什么，一切照旧，都按照你们的习惯来，别紧张！千万别因为换了领导而有所改变。

读书多、经历多的姜太公明白，如果在齐国强制推行周朝的礼仪制度，容易产生民族矛盾，不利于国家的稳定。他从当地实际出发，顺应民心，不干涉当地人的自由与习俗。因此，很快赢得当地人的支持与爱戴。

在经济上，姜太公因地制宜，利用齐国特殊的地理位置和自然资源，发展冶炼业、丝麻纺织业、渔盐业等特色产业；根据齐国交通便利的优势和百姓喜欢经商的传统，他大力发展商贸业，赚各个国家的钱。

从此以后，齐国的货物畅行天下，特色产业蓬勃发展，逐步从一个偏僻荒凉的小诸侯国发展成为东方强国。

伯禽到了封地做了什么呢？

他把老爸的话铭记在心，不过他并没有完全理解。在鲁国埋头苦干了三年多，他才到朝廷汇报工作。周公旦看着瘦了一圈的儿子，问道："为什么这么迟才来汇报？"

伯禽信心满满地拿出一篇长篇报告，说："当地人不懂咱们先进的礼仪制度，我推行时，他们还不太配合。我这几年想尽办法去改变他们。比如服丧这一点，我就强制要求当地人和我们一样，在亲人死后，必须服丧三年。嘿，老爸，我跟当地人斗智斗勇，太辛苦了！"

唉，看来这小子没听懂我的话啊！死抠字眼，不懂变通！周公长叹道:"鲁国以后肯定不如齐国了!只有体察人民的困难,顺应百姓的心意,大家才会心悦诚服地跟着你干啊!"

学了知识,还得会用,不然怎么成为真正的学霸呢?

张仪 / 王僧儒 / 刘芳 / 王溥·手抄书与最强"干饭人"

在印刷术出现之前,书籍的流通主要靠手抄。但是手抄一本或者几本书不是一件简单的事,有钱的人家会雇用书法不错的人替他们抄书,于是社会上出现了一个新行业——抄书人,也叫佣书,魏晋南北朝时称"经生",唐代称"钞书人"。

抄书人除了抄写图书,还兼干编辑、校对、制作、设计、装订等各种工作。他们先把竹片或纸张编成册子,然后一边抄一边校对,尽量少出错误,一旦抄错了,只能用刀把错字削掉或者重抄。

抄好内容以后,他们还要用纸张制作封面(没有纸张的时候就用树皮),设计书名,制作目录。抄的书漂亮美观,能让雇主满意,才会赢得更多的客户。

而穷人呢?只要认识字,书法功底不错,就会有个一举两得的就业机会——抄书不仅能挣钱,还能接触到平时没机会看到的书。印刷术发明以后,雕版印刷一般只印畅销书、国家推广的书。在木板上雕刻一套书,费时费力,为了印一本书要雕刻好多块木板。即使有了活字印刷术,有些平时难以见到的书、珍贵的书、印刷量很小的书依然需要手抄。而底层读书人即使不去做抄书工作,想读书而又买不起的话,也得自己去抄。

有些人抄着抄着,就成了学问大师。

春秋战国时期,书还是竹简,想要读书,就得弄大量的竹片自己抄。有个年轻人因为家里穷没办法吃饱饭,便去田间干活,但他又不乐意。好在年少时他认识了不少字,于是恰好被人看中,雇去抄书。

望着雇主满屋子的书籍,他口水直流:我真想把你们都吃掉,咱什么时候才能有这么多书?

"愣着干吗?还不快抄?"雇主的训斥打破了年轻人的美梦,他开始奋笔疾书,拿起别人准备好的竹片,认真抄录。慢慢地,他在抄写的过程中,阅读了大量的书籍,碰到没见过的好句子、好文章,他就想抄下来。可是竹片是雇主家的,不能拿走啊!

对,抄在大腿上、手掌上、肚皮上,能抄的地方他都抄遍了,反正身上的肉不值钱,洗掉墨迹之后,还能重复利用,绿色环保无污染。有人问,怎么不抄在衣服上?穷得叮当响,有衣服穿就不错了,抄烂了怎么办?光着膀子,雇主也不会让你进门啊!而且看到衣服上的字,雇主肯定会生气,让你来给我抄书,你倒好,抄到自己身上去了。

抄完书,回到家里,他贤惠的妻子端上晚饭,温柔地说道:"吃饭了!"

年轻人却急匆匆地问:"让你准备的竹片准备好了吗?"

"就在那里啊!"妻子指了指地上。丈夫白天出门时,嘱咐她

弄些竹片，也不知道做什么用。

"这点儿不够，我再去弄点儿！"年轻人看了看地上的竹子，马上又去劈竹子。

"搞那玩意干吗？不吃饭吗？"

"吃什么饭哦！"年轻人一边劈开竹子，一边把它们削成竹片，然后赶紧脱下衣服，把身上的字抄在上面。

"唉，搞什么，疯了吗？穷光蛋一个，还读什么竹简啊？"妻子不理解地叹气问道。

读书当然有用了，它能让我拥有一张出口成章的嘴巴，一身纵横四海的本领啊！

这个年轻人就是张仪！经过刻苦勤奋的学习，他最终成为呼风唤雨的纵横家，先后担任秦国、魏国的国相（相当于宰相）。后人用"折竹"或"张仪折竹"来形容勤奋刻苦学习。

还有的抄书人，智商极高，一边抄一边就把书背下来了，不需要标注在肉上，回家就能凭记忆写出来。

南北朝时期，南朝经历了宋、齐、梁、陈四个朝代。王僧孺出生在齐朝末年，五岁就能读《孝经》，六岁就能写文章。他的爷爷做过官，到了父亲这代，家境开始衰败。王僧孺父亲去世后，一家人的温饱成了首要问题。书对他来说，成了遥不可及的奢侈品。

可是，他强烈的读书欲望并未因贫穷而有所降低。

没书读，那就抄！小小年纪的他就成了职业抄书人。他一边抄一边看，因为拥有惊人的记忆力，他抄完一本就能背诵一本，钱赚了，书也读了。

渐渐地，他不仅阅读了常见的书籍，还读了各种杂书。长大后，他被人推荐，从地方官做到了中央官，还利用空余时间编写了著名的《百家谱》《十八州谱》《东南谱》等。因为凭借"自有品牌高速复印机"，他抄下了各种各样的新奇书籍，家中的藏书也越来越多，一不小心，王僧孺就成了梁朝的三大藏书家之一。

也有的人抄着抄着，奔向了小康，幸福快乐地走进"新时代"。

北魏时有一个少年，家庭贫困，生活艰难。家人让他去投奔当时为名门望族的远房亲戚——崔浩，先谋个差事填饱肚子。可现实给了他无情的一击，崔浩听说有人来投奔他，斜着眼睛问，这是哪门子亲戚？不见！

"穷在闹市无人问，富在深山有远亲。"

罢了，罢了，让别人扶贫不如自己脱贫，大爷我有手有脚，绝不再求你。身在都城，我还能饿死？他变身临时工，什么赚钱他就干什么。他白天做短工、干杂事，晚上学经典、练书法。生活虽然苦和累，精神却是乐和欢，雨声、风声、鸟声、叫卖声、车马声都是他的音乐。读书给他带来了无穷无尽的乐趣，他还专门写了一篇《穷通论》，我穷我快乐，怎么的？

由于北魏皇帝喜欢佛教，大力建寺庙，和尚成了有钱有闲又时髦的职业。如果成了高僧，既有名气，又有地位。要想和尚变高僧，读书数量必须增。各类佛经成了畅销书，需求决定销量，销量决定收入。少年发现替僧人抄写大篇幅的佛经生意绝对有搞头。

抄庄重的佛经，肯定需要典雅的书法！我能行！

僧人们一看少年写的字，简直就是艺术嘛！让他抄书不仅能提升佛经与寺庙的品位，还能增加和尚们阅读的兴趣。就你了，来替我们抄佛经，绝对有你意想不到的丰厚奖励！少年每抄完一卷经书,就能得到一匹高档丝织品,一年下来攒了一百多匹,他拿到市场上去卖,换了不少银子。对寺庙来说,这些丝织品都是有钱的信徒们送的;对普通百姓来说,却意味着可以让人吃饱穿暖。

几年以后,少年不仅生活奔小康,知识也奔向了大道,他还结识了很多得道高僧,被推荐做了官,成了太子的老师。

他的名字叫刘芳。

因为他讲课生动有趣,深入浅出,皇太子很满意。这个老师,我喜欢!刘芳还擅长别人不敢碰的冷门学科——语言文字学,熟悉《三仓》《尔雅》(解释古书中的字、词、句的意义与读音的书)。知识丰富的他相当于朝廷的"活字典",知道别人不认识的字的读音,能解释别人不理解的字词句的意思。只要你不理解的词,告诉刘芳;只要你不认识的字,告诉刘芳,他肯定能给你满意的答复。

"有问题,找刘芳"成了宫廷内外的"热词"。刘芳也因此被朝廷重用,出任中书令。南北朝时,中书令是地位最显赫的官职,只有才华横溢、德高望重、知识渊博的人才有资格担任。

刘芳后半辈子受尽恩宠,得益于前半辈子抄书与读书的刻苦。

东汉安帝时期,有个叫王溥的人,脸蛋英俊,气质出众。因为家里比较穷,他就带着竹简、毛笔、砚台等工具,在洛阳城摆摊创业,替人抄书。每次出发前,他都会穿上唯一的好衣服,精心梳洗,认真打扮,确认过眼神,你就是最靓的仔!走起!

有文化的大帅哥一摆摊,瞬间吸引了洛阳城一大批有钱的少女、妇人。哇,好帅的小哥哥啊!能不能给我抄本书呀?("美衣冠,妇人遗其珠玉")。王溥一时间接到很多订单。

为了快速完成这些订单,王溥每天抄书抄到手疼。抄完后,贵妇们会给他一些额外的小费，于是他很快攒了一笔钱，并用赚来的钱买粮、买地，很快成了洛阳城的富人（洛阳称为"善笔而得富"）。后来，他觉得做土豪不过瘾，又花大价钱买了个官，成了中垒校尉（京城的中级军官）。

看来，长得帅、身材好、有文化的人，在任何朝代都很吃香。

李斯·老鼠就要爱大米

战国末年，楚国上蔡，一个普通人家的孩子出生了，他在这个家庭中长大，读了一些书，识了一些字。这个孩子长大后，在当地官府里做了个"办公室文员"（掌管文书的小吏）。他按部就班、兢兢业业地做着手上的工作，原本打算存点钱娶个老婆或者做个"极品赘婿"就行了。直到有一天，一群脏兮兮的小老鼠改变了他的想法。

当时他正要去厕所里方便，刚走到门口就听见里面"吱吱吱"的叫声，从门缝里一看，原来是一群饿坏了的瘦小老鼠在吃粪坑里的屎屁。他推门进去，这些臭烘烘的小东西惊恐万分地跑走了。嘿，吃个屎屁都吃得不安心！当他方便完，走到官府的米仓附近，也听到"吱吱吱"的声音，原来是米仓里吃饱了的肥大老鼠们，为了饭后助消化，正在米堆里欢快地追逐玩耍。

每天窝在官府里整理文件的年轻人感慨万千，摇了摇头，自言自语道："一个人如果没有出息，就如同茅房里的老鼠，平台决定一切啊！粪坑里的老鼠吃不饱还担惊受怕，米仓里的老鼠吃得好还优哉游哉！"

我不要做粪坑里的老鼠,我不要吃屉屉!年轻人发出一声叹息。我要去发达的国家找工作,我要吃肉喝酒,飞黄腾达。但在此之前,他要刻苦学一身本领,不然去了也是白去。于是他立刻裸辞,去了一所神奇的学校——稷下学宫!

当时齐国的稷下学宫虽然没有之前那么辉煌,可现任"校长"乃是大名鼎鼎的荀子。他吸收了各家学派的思想,总结出了一套"帝王之术",研究如何治理好国家。

年轻人在那儿如饥似渴地学习,课堂做笔记,课下勤复习,不断揣摩"帝王之术"。

学成之后,他按照"老鼠的逻辑"仔细分析、对比各个国家的情况,哪些国家是粪坑,哪些国家是米仓。最后决定去最大的米仓——秦国闯一闯。

当时的秦国已经制定了完善的人才选拔招聘制度。军队里有军功爵制,这个制度简单粗暴而又科学有效——想要加官晋爵,想要钱财土地,提着敌人的头来,交给官员数一数。不管你是平民,还是贵族,全部按人头数量获得爵位,砍的敌人越多,获得的爵位越高。贵族们失去了世代做官的特权,底层人有了发挥才能的舞台。一时间,秦国成了人才们、勇士们向往的理想国。

而针对文人,秦国还有客卿制度。各国都有招聘别的国家人才来本国做官的制度,但是秦国的制度最为完善。"全球直聘",通过面试,立即授官——客卿。只要能力够,外国人也可以担任本国的高级官员,来的都是客,请上座!

当年燕国人蔡泽到各个国家求职,四处碰壁,无人录取,后来参加了秦国的"现场招聘会"。主考官秦昭王和副考官范雎对他都

很满意，拜他为客卿（"秦昭王召见与语，大说之，拜为客卿"）。

客卿们不仅有实际权力、荣誉称号（爵位），还有特大面子，秦王以客礼待之。

不愿吃"屁屁"的年轻人带着梦想来到秦国，投靠到了丞相吕不韦门下。经过初步鉴定，吕不韦认为这个小伙子是个人才，就留他做了随从，后来找了个合适的机会推荐他做了官。年轻人有了接触秦王嬴政的机会，离超级大米仓越来越近了。

终于等到了秦王的"面试"，年轻人不谈工作经历，因为没有什么耀眼的履历，而畅谈理想："凡是干事业的人，都得懂得抓住机会，秦穆公虽然强悍，但没能一统天下，主要是因为时机不成熟。现在秦国在您这样贤明的大王的领导下，可谓相当强大啊！消灭六国如同掸掸灰尘那么简单，现在不一统天下，更待何时？"

"哦？那有什么好的方法消灭六国呢？"秦王眼睛一亮。

在雄才大略的秦王面前，光拍马屁是不行的，得拿出满满的干货！

年轻人提出了使用离间计破坏六国团结的策略，别看他们现在关系紧密，只要给他们点甜头，把他们逐一分化，他们很快就会反目成仇，向咱们靠拢。接着，他又明确了消灭六国的先后顺序。

秦王笑了，小伙子，有前途！好好待在秦国吧，我给你超级大米仓。

年轻人实现了草根逆袭，相当完美！他的名字叫李斯。

正当李斯做着升官发财的美梦时，一场意外突然降临，秦国内部发生了客卿制度的大争论。之前，韩国为了削弱秦国的实力，想了个看似聪明实则愚蠢的办法——派间谍鼓动秦王修建水渠。你秦国不是很能打仗吗？我用形象工程耗费你的人力、物力与财力，拖垮你的国家,看你怎么打仗?

可是,你派间谍得派个有破坏性的人吧?结果选了个在水利方面非常强的专家——郑国,郑国不仅没能耗死秦国,还让它变得更加强大。因为修成的水渠(郑国渠)直接把秦国的大片沼泽盐碱地变成了沃野良田,使原本落后贫穷的关中地区成了超级大粮仓,彻底解决了秦国的粮食问题。这是后话了,当时嬴政和其他秦国人没看出水渠会带来这样巨大的好处。

郑国的间谍身份被人发现以后,秦国贵族们全都蹦出来叫嚣,矛头直指长期压制本国贵族的客卿制度。看看吧,这就是任用外国人的下场!秦国还不知道潜伏着多少间谍呢!他们这些人隐藏在暗处,一旦作乱怎么办?关键时候还是咱本国人靠得住啊!请大王下令赶走一切外国人!

秦国人你一言,我一语,唾沫星子乱飞,废除客卿制度的叫喊声此起彼伏。被人耍了的嬴政自尊心受挫——这些外国人竟然敢挑衅我的智商,把我当傻子,让我做出修渠的错误决策!

于是他大笔一挥,立即下达逐客令:所有外国人统统在限期内滚出秦国。李斯也是其中之一。

这下好了,刚刚吃到白花花的大米,又要回去吃黑乎乎的屉屉吗?

李斯赶紧搜肠刮肚,运用多年所学,写了一篇文采飞扬、极具说服力的议论文(奏章)——《谏逐客书》交给秦王。这篇奏章大谈客卿制的重要性,理足词胜,雄辩滔滔,不光嬴政,任何人看到这篇文章都会对李斯竖起大拇指,佩服的眼神里只有一个字——牛!嬴政也在看完这篇奏章后收回逐客的成命,让郑国继续主持完成了郑国渠的修建。

路温舒·写字没竹简，蒲草来帮助

蓝蓝的天上白云飘，白云下面羊儿跑。

这么好的天气，这么好的地方，学校里传来了琅琅的读书声。小男孩的心仿佛被什么撞击了一下，失落而又惆怅，他的心如小小的寂寞的城，为什么别人在读书，而我却在放牛？

没办法，家里太穷了。他的父亲只是基层小职员，工资很低，根本没能力供他读书。

小男孩还得打工挣钱，养家糊口。每天一大早，他就赶着羊群去放羊。

听到学校窗里传来的读书声，他真是羡慕嫉妒啊！读书的声音简直是这个世界上最好听的声音，书里面讲的内容是世界上最有趣的东西！

怎么办？难道穷就不能读书了吗？穷人就不能翻身了吗？难道注定一辈子都穷吗？

小男孩无心欣赏周围美丽的景色，突然站起来，一个声音从心底喊出来："我要读书！"他曾跟着识字的爷爷与乡亲们断断续续地学过汉字以及天文历数。那些汉字就好像美丽的图画深深地刻在他的脑海里，那么漂亮，那么诱人！可他没有机会走进学校，也没有钱买书。

买不起书怎么办？

那就借！

借了总要还啊，别人也要读呢！肯借就不错了，不可能给你很多时间读啊！

那就抄！

用什么抄？

对，用什么抄呢？家乡没有竹林，他也买不起竹片。

小男孩环顾四周，该用什么材料来抄好呢？他用两只眼睛搜寻着。

咦？远处池塘边传来了青蛙叫声，回头望去，一片蒲草（一种多年生草本植物，生在池沼中，高近两米，根可以吃，叶子很长也比较宽，可以用来编成席子和扇子）丛吸引了他的注意。他兴奋地跑过去，蹲下来，采了一片叶子，越看越高兴，找到了，找到了，哈哈！这蒲叶又宽又长，晒干了不就可以在上面写字了吗？再用藤子串起来，不就是竹简了吗？

我真是聪明啊！

小男孩仿佛找到了宝藏，说干就干。他立刻采摘了一大堆蒲草叶，拿回家晒干，并切成和竹片大小类似的叶片，拿笔在上面试了一下，果然可以写字。于是，他赶紧跑到熟悉的人家里去借书，书拿回来他就开始抄录。碰到不认识的字，他就向"小区"里有文化的人请教，或向借书给他的人请教。

抄啊抄，写啊写，叶片越来越多，他就用藤把它们串起来，编成创意无限、独此一家的蒲草手册。

在放羊的时候，只要一有空，他就拿出蒲草手册学习。慢慢地，小男孩成了知识渊博的人，对法律和《春秋》都很有研究，被人推荐做了官。

　　他就是西汉宣帝时期的大臣路温舒。因学识丰富、能力出众，他做过太守一级的大官，算是底层逆袭的典范。他曾经将书上的知识与实际工作经验相结合，写了一篇著名的奏章——《尚德缓刑书》。劝诫汉宣帝减轻刑罚，崇尚德政，得到了皇帝的采纳与赏识。这篇文章后被收录在《古文观止》中。

翟方进·智商不够，勤奋来凑

有个小孩年少的时候，家境还算不错，父亲在地方做官、办学校当老师，还兼任地方的"教育局长"（"郡文学"，管理所辖地域的教育行政事务）。但自从父亲去世后，他的家庭直接从小康跌入了赤贫。

没钱读书了，唉，先打工吧！

好在父亲的人脉关系还在，他中途退学，被人推荐在郡太守府里当了个小办事员（小吏）。可是他头脑比较迟钝，工作时经常出错，时不时会被领导劈头盖脸一顿臭骂。

唉，笨小孩感觉人生失去了方向，陷入了迷茫，我真的那么差劲吗？真的一辈子就是个小办事员了吗？他带着困惑，找到了当地一个有学问的算命老人——蔡父，向他请教：我这么笨，到底能干什么啊？

蔡父一看，神神秘秘地说："孩子，我看你骨骼清奇，有封侯拜相的面相啊！你应该在经术（儒家经典的研究）方面好好钻研，将来肯定大有一番作为！"

这人十有八九是在忽悠，这些话只要跟每个人说一遍，有一

人被他说中，那他就能顺利地晋升为大仙了。其实，他不过说出了一个当时很多人都知道的事实：只要精通任何一本儒家典籍，就有机会参加国家的察举考试，只要在考试中获得不错的名次，就有机会做高级官员。

笨人有笨人的福气与执着，小孩居然相信了。原来我是读书奇才，是做大官的料啊！难怪做不好小办事员！他不仅相信，还付诸行动了——立刻以身体不好为由，裸辞了。

世界这么大，他要去读书！

去哪里学习儒家典籍呢？没有哪里比太学更好了。太学是世界上最早的大学，由汉武帝设立，是当时国家的最高学府。太学里的老师叫"博士"，这个"博士"不是现在的博士，他们都是经过严格选拔选出来的，需要精通《诗经》《尚书》《礼记》《周易》《春秋》等儒家经典中的一门或几门。太学的学生叫博士弟子，贵族子弟、平民子弟都可以报名入学。但是招生数额极其有限，不是什么人都能进去，需要通过入学考试：背诵与讲解经书。

笨小孩告别母亲："妈妈，我要去太学学习，不管多么艰苦，我都会坚持下来，我可以一边打工一边读书。"

他的母亲是个大好人，担心年幼的笨小孩不会照顾自己，便做了个重要决定：我跟你去长安陪读，读书的钱由我替人做鞋子来赚。

经过一番考前努力，笨小孩勉强通过入学考试，跟着博士学习《春秋》。从此，他刻苦钻研，坚持不懈，不管遇到什么困难，都不退缩。

我是笨鸟，那就先飞一会儿。

太学是当时全国学霸的集中地，学校的管理比较松散，学生进入太学后，有统一的宿舍，可以住在学校里，也可以住在学校外，提倡自学与互相研讨。学习怎么样，全靠自己钻！学生每年参加考试，不合格的人会被打发回老家。考试的方式是将考题写在竹简上，然后由专人密封起来。学生进行抽签，任意抽取题目作答。考官根据每个人的答题情况给出甲、乙等名次，根据名次高低对考生安排相应的官职。

在太学毕业考试中，获得甲等的人担任郎官，先在皇宫服务几年，随时备帝王差遣。中央政府需要人才的时候，就从郎官里面挑选。天子身边，机会多多。考了乙等的人，就回到家乡所在地的政府机构担任参谋、秘书之类的职务。南京的学生回南京，上海的学生回上海，统一由当地郡县政府试用，这叫补吏。

这个笨小孩在考试中获得了甲等，顺利地进入了中央机构。他明白所有的成功与改变都是靠读书得来的，所以，他一生都没放弃过对儒家经典的钻研，最终成为著名的《春秋》研究大师，由学生变成了老师——太学博士，因为学问精深而被推荐做了刺史。他工作出色，威名赫赫，从此，他的人生仿佛坐上了火箭，最终成为丞相。

他就是西汉成帝时期的丞相——翟方进。

冯异·任何失败都击不垮我的斗志

"这次我杀的人多,看,刀都砍坏了。"一个脸色漆黑、虎背熊腰的人拿起手中滴着血的刀给大家看。

"我的功劳最大,第一个率兵攻进城门!"另外一个手握铁枪的人不乐意了。

"如果没有我们围城打援,你们会那么快攻进去?"靠着墙、手握环首刀的人不服气地说。

"我才是头功!"

……

每次打完仗,将领们、士兵们都会聚在一起搞个"派对",吹牛聊天攀比,有时还会为了谁的功劳大而争得面红耳赤。而在远处的一棵大树底下,有一位安静的美男子,正手握兵法津津有味地看着,他忽而写写画画,忽而闭目思考,英俊的侧脸简直帅呆了!

他正在总结上一仗的经验教训,制订下一仗的作战计划,士兵们偷偷地给他起了个雅号——"大树将军"。

他就是冯异。一个在历史上低调得不太被人提起的大将军。

东汉开国功臣"云台二十八将"都比较低调谦虚,他们还有一咱就是安静的美男子！

这次我杀的人多，看，刀都砍坏了。

我的功劳最大，第一个率兵攻进城门！

如果没有我们围城打援，你们会那么快攻进去？我才是头功！

个共同点：读书较多，知识丰富。冯异则是学霸中的学霸。他从小就习文练武，成为将军以后，依然喜欢读书，在别人争论功劳的时候，他却在研究《孙子兵法》《左氏春秋》，并将书中的知识运用于行军打仗，攻无不克，战无不胜。

冯异早年为王莽效力，后来天下大乱，各地百姓纷纷起义，他在众多起义军中偏偏看中了实力很弱的刘秀，一直忠心追随其左右。当时刘秀不过是更始政权下的一位排不上号的偏将军。

由于实力较弱，刘秀经常被人打得到处跑。有一次行军途中，天寒地冻，士气低落，刘秀也饿得肚子咕咕叫。冯异亲自去找食物与野菜，煮粥烧麦饭（磨碎的麦煮成的饭，拌入一些野菜）。捧着这样的粗饭，刘秀却感觉味道好极了，一辈子难以忘记那浓浓的情义。

冯异既能下得厨房，更能上得战场。

光武帝建武三年（27 年），冯异担任征西大将军，会同大将邓禹镇压赤眉起义军。他率领西路军在华阴、湖县一带同赤眉军硬扛了六十多天。邓禹率部队也来到湖县，与冯异的部队会合。屡次被赤眉军羞辱击败的邓禹看到仇人，分外眼红，因为愤怒而失去了理性，这时像个赌徒一样，越输越要赌。他不听冯异的劝告，派部将邓弘抢先进攻赤眉军，结果邓弘被赤眉军打得落荒而逃，惨不忍睹。邓禹、冯异亲率主力救援，在回溪（今河南省洛阳市）又被赤眉军打得落花流水。邓禹只带几十个人逃回宜阳，冯异也丢了战马，率领几个人狼狈地逃回了营寨，差点儿丢了小命。

普通人失败之后，不免唉声叹气，失魂落魄。冯异却无所谓，任何失败都击不垮我的斗志，我要绝地反杀！

他一边撤退，一边冷静地收编被冲散的士兵和附近的民兵组织

（地主武装），然后选取一些强壮能打的士兵埋伏在道路旁，让他们从赤眉军的死尸身上扒下衣服穿，假扮赤眉军。等到追赶他们的赤眉军哼哧哈哧地跑过来，冯异一声令下，"冒牌赤眉军"奋起反击，一时间杀声四起。赤眉军蒙圈了，见鬼了，怎么自己人打自己人？乱了，全乱了！真赤眉军被假赤眉军打得哭爹喊娘，被迫投降。

"临时高仿品"战胜了"官方正品"。

在短短的时间里，把落魄逃亡变为绝地反击，以少胜多，迫敌投降，只有冯异这样心理素质强大的人才能做到。

关中地区（今陕西省中部）被刘秀拿下以后，原本富裕的地方因为常年战乱而闹起了饥荒。已经投降汉军的赤眉军因为吃不饱而蠢蠢欲动，伺机反叛。部分汉军将领纵容士兵抢夺民财，关中百姓敢怒不敢言。

降兵想逃，民心不稳。几任管理者都镇不住场面，谁能解忧？唯有老冯！

刘秀找来冯异，去帮我收拾烂摊子吧！你能力出众，宅心仁厚，希望能尽快还百姓一个安定的关中。

没问题，保证完成任务！

来到关中，冯异安抚百姓，发展生产，充分施展"学霸"的个人魅力。关中的经济快速起飞，逃走的百姓纷纷归来，动摇的降兵纷纷点赞。

功劳越来越大，冯异却越来越低调，熟知历史的他明白功高盖主的下场。于是，他主动上书：关中安定了，咱也该回朝了，请解除我的兵权吧！

刘秀不允许，你办事，我放心！

冯异来到京城洛阳，光武帝刘秀以超高规格接待了他，并在百官面前大肆表扬他:"这是我当年起兵时的主簿(相当于现在的秘书),在打天下的道路上,他为我劈开了丛生的荆棘(成语"披荆斩棘"出自这里,指拨开荆丛,砍掉荆棘。比喻开创事业或在前进的道路上清除障碍,艰苦奋斗),扫除了重重障碍,现在又平定了关中,他的功劳大不大?他的内心忠不忠?"

刘秀为什么要这样说呢?

当时,冯异在关中地区长时间担任重要职位,引起了朝中一些大臣的嫉妒。有人向光武帝打小报告,说冯异在关中极具号召力,连长安令都敢擅自杀掉,百姓们也特别崇拜他,称他为"咸阳王"。这还得了,到时大家眼里只有咸阳王,还有皇上吗?

这样的诋毁要是搁在普通君王那里,肯定奏效,即使不杀冯异,也会加深对他的猜忌。刘秀却对冯异深信不疑,沟通从心开始。想当年,冯异离开王莽投靠在他的帐下,在他实力较小、屡遭打击的时候,很多人都转投到其他大王那里去了,冯异却从来没有动摇过。取得巨大功劳后,他又从不骄傲自大,而是屡次上书,请求解除兵权。

这样的人岂能不相信?这样的人岂能伤他的心?

所以,刘秀拉着冯异的手,让他在文武百官面前闪亮登场,还特别下令让冯异带着妻子儿女到外地任职。古代镇守边疆的大将,不能带着家眷随行。皇帝表面上是替将军们照顾家人,让他们安心打仗。实际上,家人即人质,你要是敢造反,我就杀你全家。

冯异不争不抢、谦虚低调的作风让他赢得了光武帝的绝对信任。

爱读书的将军懂得什么时候进,什么时候退。

祖莹·小朋友，快点躺下睡会觉吧

南北朝时，北魏，深夜的星空下，万物都在呼呼入睡。范阳郡遒县（今河北省保定市）人安远将军祖季真的豪宅里，祖季真的老婆睡醒了，她揉揉眼睛，推开窗户望向不远处，儿子书房的灯还亮着。唉，这孩子，到现在了还不睡觉，小小年纪身体怎么吃得消？家里有的是钱，就算将来不做官，他也花不完啊！

再说了，儿子8岁就能背诵诗书，还能作诗写文章，亲戚们都称赞他是"圣小儿（小神童）"。现在他还这么拼命读书，何必呢？说了很多次，他也不听。母亲摇了摇头，带着心疼与不安，又迷迷糊糊地睡去了。

第二天一早，她就把昨晚的事情告诉了丈夫。祖季真也一边叹气一边摇头，想不通，想不通，儿子为何要这么拼命？他早就为儿子铺平了未来的路，儿子还这么刻苦，要是累坏了身体，万贯家财怎么办？家族前途怎么办？

得想个办法让他歇一歇！

于是夫妻俩把家里的灯、蜡烛全都藏起来，然后给儿子制订作息时间表，到点就睡，绝不能劳累！还专门派了个仆人在外面二十四小时全天候监控，一旦窗户亮灯，立刻过来报告。

看你睡不睡觉！

你以为这样我就没办法了吗？儿子默不作声，偷偷地藏起一盏小灯，豪门大族家里的灯是用不完的，即使没有灯，取暖的炉子里不还有炭火吗！他又吩咐家里的丫鬟到街上买几床厚厚的棉被，谎称旧的太薄，睡得背痛。

父母一听，兴奋得不行！这孩子，终于开窍了。赶紧去买，多买几床，垫得高一点，睡着舒服！

他们哪里知道，这是儿子瞒天过海的计谋。到了晚上，他用厚厚的棉被把窗户、门缝都遮起来。这样光线透不出去，他就又可以继续读书了。

少年咧嘴一笑，这个办法好，既能读书，又能防寒。他一读书，就好像在快乐地飞翔，先贤们讲的道理是那么深刻又生动，书里的知识是那么有趣又好玩。拼爹不如拼自己，即使将来按照爹爹铺好的道路做了官，不学无术也让人看不起啊！

我要成为孔夫子那样的人。

为了学到更多的知识，他拜当时学问精深的张天龙为师，学习《尚书》。

《尚书》是什么呢？为何古代会有那么多人学习它？《尚书》又称《书》或《书经》，指的是"上古之书"，主要是把尧、舜、禹到先秦时期古老的历史文件、部分描写古代事迹的资料汇编到一起，成了儒家经典之一。读书人参加考试之前都要学习、研究这本书。因为是上古时期的文字资料，年代久远，很多事情记载得都比较简单，自然也比较难懂，能研究透的人就会成为文人们顶礼膜拜的老师。比如，给你一道很难的数学题，你左看右看都不会，这时

黑夜给了我黑色的眼睛,
我却用它去寻找光明。

有人稍微一点拨,你豁然开朗,哦,我怎么没想到。你会不会很崇拜这个人?

有一天早上,老师要给同学们讲解《尚书》,准备搞个角色互换的游戏,指定一名学生给大家讲讲自己的读书感悟。男孩昨晚熬夜读书,头脑昏沉,吃完早饭匆匆赶路,把《礼记》当作《尚书》带走了,到了学堂才发现,自己居然拿错了课本。

不幸的事一件接一件,老师恰恰点到了他的名字,你,今天上去讲解《尚书》。同学们偷偷笑着,嘿嘿,他可真倒霉,看来要出丑了!

男孩看着老师严肃的脸,没办法,只能硬着头皮上去了。接着,他开始了一个人的表演,一边背诵《尚书》,一边生动讲解。

一番操作猛如虎,脱稿演讲真的牛!老师、同学都惊呆了,这是什么神仙?平常人拿着课本讲课都费劲,这家伙不用看课本都能讲,时不时还加入一些自己的独到点评。厉害了,大神!

他的名字叫祖莹。

长大后成为远近闻名的大学者,受到了众人与皇帝的赏识,加上他老爸的推动,他先后担任太学博士、殿中尚书、车骑大将军等职务,还写了不少文章。儿子祖珽在他的言传身教下,也用功读书,成为北齐尚书左仆射(相当于宰相)。

王珣·左手拿书，右手舞剑

东晋文人王珣出身琅琊王氏，是丞相王导的孙子。琅琊王氏家族在中国历史上是如同神一般的存在，从东汉至明清1700多年间，培养出了以王吉、王导、王羲之等人为代表的众多宰相、政治精英和文化名人。明明背靠大树好乘凉，王珣却不愿意继承祖辈的爵位，他要自带光环，成为别人头顶上的大树，而不是做大树底下的一棵小草。于是，他从小刻苦学习，博览群书。二十岁就在别人的推荐下做了朝廷大司马桓温的主簿——相当于天下兵马大元帅的秘书。

能做大司马的秘书必定有超乎常人之处，如果没有两把刷子，是镇不住场面的。王珣这小子有没有真本事呢？桓温很担心，那个年头，炒作出来的伪才子还少吗？

待我试试他！

桓温想出了两个点子来试探王珣。首先试他的才华。桓温乘着下属们都在讨论事情时，派人偷偷取走了王珣准备发言的文稿。平时你演讲起来唾沫横飞，精彩绝伦，今天没有了稿子，看你怎么办？

待到王珣发言时，只见他口若悬河，出口成章，众人对他的佩服犹如滔滔江水，连绵不绝。桓温拿出偷走的文稿，仔细对照，发现王珣说的思路跟文稿上一样，但是文字没有一句相同。

即兴演讲与临场发挥能力的确不一般，桓温笑了，这小子，有点意思！

文采有了，不知胆量如何？以后要跟我一起上战场，手无缚鸡之力怎么行？那就再试试他的胆量。

有一天，很多人在大司马府聚会议事，桓温故意骑着一匹烈马，装作失控的样子，从后堂直冲入大厅。其他人吓得面如土色，四处躲避。只有王珣非常镇定，任你地动山摇，我自岿然不动。不就是一匹马吗，小场面！

桓温看到这儿摸着胡须点点头，竖起大拇指，点赞道："有种！这小子将来肯定是个黑头公（头发还是黑的，便已经位列三公，指年少有为，位居高位）！"

从此"文能提笔安天下，武能上马定乾坤"的王珣声名鹊起，后来，他跟随桓温讨伐朝廷叛军有功，被封为东亭侯。哥不在江湖，但江湖上却依然有哥的传说。当时喜好文墨的晋孝武帝听说了王珣的才能，任命他为尚书令。

有一天，王珣做了个梦，梦中有人将一支像椽子（古时架着房子屋顶的木条）那样巨大的笔送给他。醒来后他对家人说："我梦见有人送我椽子那样的巨笔，看来有大手笔的事情要我做了。"（成语"大笔如椽"出自《晋书·王珣传》："珣梦人以大笔如椽与之，既觉，语人曰：此当有大手笔事。"原指夸赞别人文笔雄健有力或文章气势宏大，现多指大作家、大手笔。）

没想到，梦很快成了事实。当天上午，晋孝武帝突然去世，朝廷要发出哀策（颂扬帝王、后妃生前功德的文章）、讣告（告知某人去世消息的文章)等。由谁来起草合适呢?大家不约而同地想到了王珣。

对文人来说,起草皇帝的哀策与讣告是莫大的殊荣。没有长期的积累与出众的才华,光凭家庭背景是不可能得到这个机会的。

出身固然重要,努力也重要!

韩建·从晚唐大文盲到后梁大宰相

唐朝末年,藩镇割据。只要手握枪杆子,谁都可以称王称霸,所以,有点实力的人都纷纷招纳亡命徒,不断增加手里的枪杆子。

谁只要会砍人,能打仗,谁就能吃饱喝足,还有机会封侯拜相。在这样的氛围下,一位出身贫寒而无法读书的文盲——韩建投靠到了蔡州节度使的麾下,成了一名小士兵。因为勇猛善战,他不断升官,成了华州刺史。但是,地位越高,他越心慌,因为他不识字,每次看公文,上面的字认识他,他却不认识字,只能让部下读给他听。

唉,我一个堂堂男子汉,各种宝刀利剑都能耍得有模有样,上了战场就能吓得敌人心惊胆战,难道要被几个字憋死?这样下去,部下岂不天天看我笑话?

不行,我得行动起来,赶快学会认字才行。

如何快速地识字呢?想来想去,他想到了一个土办法。

他叫来一个很有文化的老朋友,说道:"我有个好法子学认字,你能不能帮帮我?"

朋友一听,大老粗想学文化,好事啊!于是他点点头,说道:

"没问题,乐意效劳,说说你的办法!"

"请你在我日常所用的东西上,都写上它们对应的名称,好让我随时随地地认字!怎么样?"

我要随时与汉字为伍,先向身边的事物发起冲锋。

朋友听后眼睛一亮,好办法!韩老兄智商很在线嘛,认字绝对不是问题,于是朋友爽快地答应了。在桌边上写个"桌"字,在床头写个"床"字,在碗底写个"碗"字,在笔上写个"笔"字……

从此以后,只要眼睛看到的地方,手脚触及的地方,韩建都能看到对应的汉字。每天除了处理公务,他脑子里想的都是汉字,手上写的也是汉字,他恨不得枕着汉字睡觉,求着汉字抱抱。渐渐地,他认识的字越来越多,不仅能亲自阅读公文,还能读懂简单的书。识字之后,他发现自己看问题的深度、广度也大大提升了,想法更全面,做事更稳重,心情更愉快。

嘿,人要有了文化,每天都能笑哈哈!这感觉,一个字——爽!那就乘胜追击!

尝到读书甜头的韩建向更高的山峰发起了冲击,他要认识更多的字,读更多的书。有一天,别人送给他一本"字典"——《玉篇》(我国第一部按部首编排的楷书字典)。他像个得到甜食的孩子,开心地捧在手上。

拜托你了,字典老弟,有了你,世界将会变得更美丽!

韩建很快学会了按照部首来查找汉字的方法,学到的生字也越来越多,还学会了音韵、声偶。偶尔心血来潮,他还能写上几首小诗。接着,他又向儒家经典和历史著作发起进攻,儒学使人仁慈,史学使人明智。

经过不断地学习,大文盲终于逆袭成了大学者。

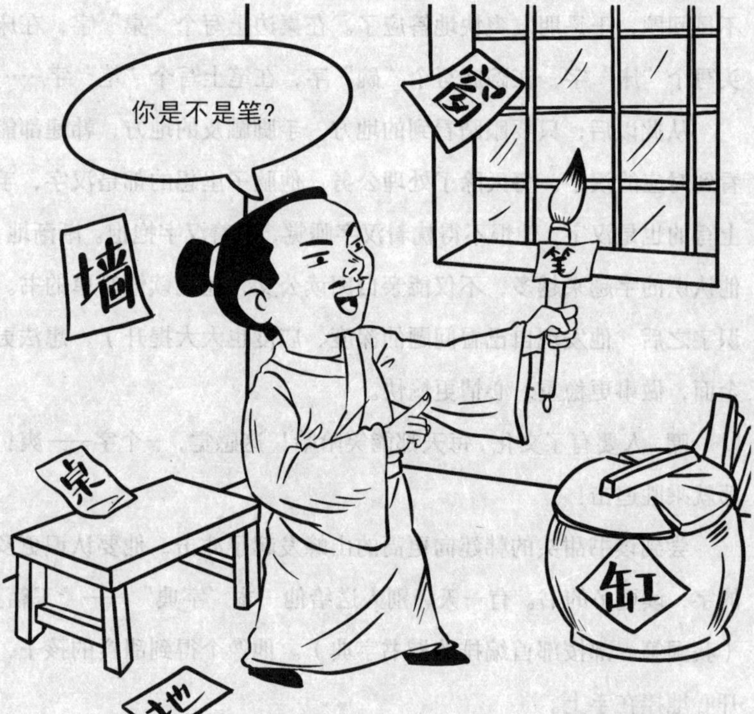
你是不是笔?
窗
墙
笔
桌
缸
地

属下们看到老大如此认真，便投其所好，纷纷效仿，也都用功读书，以这样的方式"拍马屁"。华州地区掀起了轰轰烈烈的"全民阅读活动"，人们的素质瞬间提高了好几个层次。

自从黄巢起义以后，华州一带变得满目疮痍，彻底沦为"贫困市"。韩建管理华州以后，凭借勇猛的本领击退了各路来犯之敌，并亲自把年轻时学到的农业种植技术教给大家，又将从书中学到的知识运用到治理工作中来。他关心百姓，发展生产，营造出良好的招商环境，高效推动招商引资，吸引各地商人来华州做生意，带领百姓走出贫困之境。他静静地待在一旁，愿意做个合理征收商业税的美男子！

流亡的百姓看到跟着刺史大人有肉吃，有前途，纷纷投奔而来。有人，有钱，有民心！韩建成为了地方官中最亮的星，与郭禹并称"北韩南郭（郭禹，割据荆州，也因保境安民闻名）"。

知识让韩建视野开阔，实力雄厚，不管跟着谁，他都是别人无法忽视的得力干将。后来，他归顺残暴多疑的朱温，依然保持着勤奋学习的爱好，学习文化、农业、军事、财政等各方面的知识。朱温推翻唐朝，建立后梁，想来想去，满朝文武，只有韩建能文能武，知识丰富，就封他做了同平章事（宰相）。

郑樵·史学界的独行侠

北宋末年,一个小官员的书房里,有个三岁的男孩充满好奇地盯着书桌上的一本书。"嘿,这孩子!刚刚学会说话就喜欢看书,以后读书肯定牛!"于是父亲开始教儿子识字读书。小孩很快展现出了学霸天赋,六岁便成背书小达人,七岁成诗词小能手,九岁成"五经"小专家——精通儒家典籍《诗经》《尚书》《礼记》《周易》《春秋》五部书。

"神童"的背后是地狱般的刻苦。十岁那年,男孩的父亲到外地做官,他就跟着有文化的堂兄读书学习。当时,他家与堂兄家之间隔着一条溪流,男孩每天都要踩着石头过河,裤子时常被弄湿。有时候一不小心摔倒,屁股就会肿得像刚出笼的大肉包。每当大雨倾盆,河水暴涨,没法再踩着石头过河时,别人就劝他给自己放个假。这天气,还读什么书啊!

不!绝不!一天都不能偷懒!

溪流两旁的山崖之间横着一条粗大的古藤,每当下雨时,男孩就徒手攀着古藤去溪流对岸的堂兄家。那场面,看得人心惊肉跳,万一掉下来,小命可就没了。

乡里的百姓都把男孩当作了传奇，读书读得不要命的人，天下仅此一个！

在他十六岁时，父亲病死在了苏州。男孩冒着酷暑徒步前往苏州，护送父亲的遗体回到家乡莆田越王峰安葬。他在墓边建了一个简易的茅屋，一边读书一边守孝（古代，亲人去世，家人断绝娱乐和交际，以示哀思，称为"守孝"，一般是三年）。

山中既没有朋友，也没有游戏，更没有歌舞音乐，只有明月清风、蚊子苍蝇和琅琅书声，男孩乐此不疲，读书并快乐着！

父亲去世后，家中陷入贫困，他买不起书了，只能四处向有藏书的人家借读。所幸当时莆田是全国有名的藏书地，很多富裕的人家都有藏书楼，而且也愿意借书于人。但有的人家不愿意别人借回去看，你看书可以，但只能在我们家的藏书楼里看，带回去，免谈！

男孩便常常自带干粮，在别人家的藏书楼里，一坐就是几天。从此，莆田城有了一道亮丽的风景线——一个少年背着干粮，穿梭于各个藏书楼。

哪里有书，哪里就有他的身影。

很快，他把莆田各家藏书楼里的书都读遍了，易学、经学、礼乐、天文、地理、草木等无所不读。碰到好书，他就一一抄录下来。

靖康元年（1126年），金人大军压境，北宋一味退缩。男孩和堂兄接连两次上书朝廷，咱们后面有百姓，前面有将士，怕啥？不要犹犹豫豫了，干吧！可是，皇帝和官员们听后摇摇头，打不过，撤吧！

敌人的尖刀抵住了你的头，还怎么撤？结果宋徽宗、宋钦宗两位皇帝被金兵俘虏，京城也被洗劫一空，这就是"靖康之变"。北宋就这样戏剧性地灭亡了。

男孩心灰意懒，国家都没了，我还考什么科举？他决定独自单挑看似不可能完成的任务——编写集天下书为一体的大部头著作。他回到了家乡莆田，在夹漈山芗林寺旁盖了一座简陋的茅草屋，作为修史著书之地。他一边写作，一边耕种。有钱人的隐居是享受美景与生活，没钱人的隐居是忍受饥饿与毒虫。无论刮风下雨、酷暑严寒，男孩始终坚持读书写作，没有哪一天停止，没有哪一刻休息。

一晃几十年过去了，小男孩变成了老人，亲人、妻子等相继去世，他忍受着身体与心灵的折磨，终于完成了那部伟大的史学著作——《通志》，这部书与唐代杜佑的《通典》、元代马端临的《文献通考》合称为史学界的"三通"。

他的名字叫郑樵，他开创了中国历史上多个第一：他是第一个提倡知识分子要向劳动人民学习的人；第一个发出"《诗》《书》为可信，但不必字字都信"的历史最强音的人；第一个强调学习自然科学知识与学习儒家经典一样重要的人；第一个倡导建立翻译学，吸收外来先进文化和传播中华文明的人……

广泛地阅读，深入地思考，让他视野开阔，站在了时代的最前沿。

可惜，郑樵年仅五十九岁就因为积劳成疾而去世。当时国家的最高学府——太学里的学生纷纷写文章纪念这位史学界的独行侠。你不是咱们的老师，却胜过很多的老师。

第二章

学好数理化，
走遍天下咱不怕

在古代，也有很多"理工男"，他们在文史为大、考试为王的时代，也活出了属于自己的精彩。有的喜欢搞发明，有的研究数理化，即便不去参加科举，不去做官，他们也依然自带闪耀的光芒。

蔡伦·造纸，是为了满足大客户的需求

东汉，桂阳郡大凑山下，一个铁匠世家里，蔡伦出生了。年少的蔡伦对一切技术和学问都充满了兴趣，冶炼、铸造、种麻、养蚕、《周礼》《论语》……

可是，贫穷人家孩子的命运往往由不得自己做主。自从朝廷在桂阳设置铁官，打铁为生的蔡家人便跟朝廷官员有了千丝万缕的联系，这并不是什么好事。朝廷经常选拔一些貌美的少男到后宫里做一些宫女干不了的重活、杂事，便有了宦官这个职业——不专业的男人做专业的事。

年少的蔡伦因为长相出众又有些文化，成了宦官的最佳人选。就这样，他失去了做一个正常男人的权利，离开父母，离开家乡，来到了京城洛阳。

唉，平常人家的子弟哪有什么尊严，能活下去就不错了！既来之则安之，那就好好工作吧！聪明好学的蔡伦在宫中一边干活，一边学习文化，很快便当上了小官——大臣王公们朝见皇帝的引导员，主管宫内外公事、公文传达的工作。

窦皇后看到蔡伦不仅才华出众，还听话乖巧，甚是喜欢。来吧，

小蔡，来咱手下干活！

就这样，蔡伦成了皇后的亲信太监。

当时，窦皇后权力很大，也很受宠，只是无论怎么折腾，她都生不出儿子。看着其他妃子一个个都生出了小皇子，她心里如同打翻了陈醋瓶，酸，却不爽！既然我不爽，我就要让大家都不爽。

后来，汉章帝刘炟立宋贵人的儿子刘庆为太子。窦皇后害怕太子会威胁到自己的地位，于是凭借汉章帝对自己的宠爱，污蔑宋贵人诅咒汉章帝，特派蔡伦负责审查和办案。结果，受到污蔑忍无可忍的宋贵人自杀，太子刘庆被贬为清河王。窦皇后又乘胜追击，安排人写匿名信，陷害皇子刘肇的母亲梁贵人，将年幼的刘肇占为己有，当作自己的儿子，立为太子。

汉和帝刘肇继位，窦皇后顺利成为窦太后，她曾经的好帮手蔡伦也升任中常侍——负责掌管文书、参与政事的高级宦官。但是，蔡伦好像并不高兴，宝宝心里苦啊！夹在当权者中间，让你干啥就得干啥，时不时会受到良心的谴责。每当下班、休假之时，蔡伦就会闭门谢客，一个人来到野外，在大自然中寻找内心的平衡和充实。参与政事并不是他的兴趣和特长，他每次一心为国家提建议，但总得不到皇帝的认可。

我该干点什么好呢？

注重文化教育的汉和帝让学识渊博的蔡伦兼任尚方令，主管宫中御用器物的手工作坊。这里集中了各地的能工巧匠，他们制造的物品代表了当时制造业的最高水准。从此以后，蔡伦找到了人生的新方向。每天接触新奇技术比参与政治斗争有趣多了，他干脆一门心思搞科研。

当时，尚方里制造的兵器质量很一般，根本代表不了一个国家的水准。这怎么行？国家队比不过民间队，丢的是谁的脸？蔡伦就和技术工人们一起研究兵器制作工艺，认真把关每一道工序，认真到近乎苛刻，他绝不允许尚方工坊的残次品流向市场。

好兵器，蔡伦造，成了人人皆知的秘密。后来尚方工坊制作出了尚方宝剑，这把剑成了刀剑界的顶级奢侈品。

蔡伦得到了施展才华的舞台，从此一发不可收拾。可是，窦太后去世以后，他失去了政治上的最大靠山。身处皇宫，没人帮助，很难立足，更别提继续保持自己的兴趣爱好了。

接下来该找谁做靠山呢？

汉和帝的皇后邓绥！这个女人不喜欢权力斗争，只喜欢吟诗作赋，舞文弄墨。于是，蔡伦成了邓皇后的随从侍卫。

当时丝帛、麻纸和竹简的书写体验并不好，邓皇后时不时地发几句牢骚，要是有个书写材料让我能安心写诗作画该多好？

"大客户"的需求大大刺激了蔡伦的神经，是否可以改进一下造纸的技术，增强产品的体验感呢？而且随着国家越来越大，公文也越来越多，用竹简，太费事；用丝帛，太费钱。如果造出便宜又好用的书写材料，既能满足大客户的需求，又能引爆书写市场，还能青史留名，岂不乐哉？

蔡伦向新技术发起了攻击。

人多力量大，众人拾柴火焰高。尚方里有的是能工巧匠，何不把他们动员起来？"造纸学科带头人"蔡伦率领一帮技术牛人，总结前代的技术，对它们进行了反复比较，日夜研究，用了无数种材料，做了无数次实验，终于找到了制造纸张的核心材料——纤维。那就好办了，很多便宜的东西里都有这玩意。

蔡伦团队收集来大量的废麻、旧布、棉絮、树皮、烂渔网等廉价物品，然后把它们剪碎或切断，放进事先挖好的池子里长时间浸泡，或者在大锅里煮沸，再用工具捣成浆糊糊，然后把浆糊糊捞出来均匀地摊在席子上，形成薄薄的一层膜，最后放在太阳下晒干，或者用小火烘干。

任何一个环节出问题，都会前功尽弃。有时纸浆捣得过烂，有时物品浸泡的时间过长，有时糊糊摊得不够均匀……都有可能出问题。

每一次失败，蔡伦都会认真记录下时间、火候、厚度等。做完笔记，他带领大家继续开干，不造出满意的纸张绝不罢休。

终于有一天，蔡伦拿着一张柔软的纸激动得嘴唇直抖，成功了，终于成功了。这次的纸成色极好，颜色柔和，质地轻薄，写字流畅。他像母亲对待刚出生的孩子一样地在纸上来回抚摸。

"大客户"邓皇后使用之后，极力点赞，体验感十足，幸福感满满！有了这样的纸张，再也不用担心书写问题。汉和帝使用之后，也频频点头，好！有了这样东西，可以省下一大笔钱了。

因造纸有功，蔡伦被封为龙亭侯，他改进的纸也被称为"蔡侯纸"。很快，他又被提拔为长乐太仆，成为邓皇后的私人顾问。

手握革命性的技术，脚踏权力的巅峰，要风得风，要雨得雨，蔡伦从一个小太监逆袭成了大名人。但是，好运并不总是会降临到他的头上。年轻的汉和帝去世之后，邓皇后也紧跟其后，清河王刘庆的儿子刘祜误打误撞，成了新一任的皇帝。

汉安帝刘祜坐稳龙椅之后，便为死去的祖母展开了一系列的报复行动，第一个报复的就是蔡伦，谁让你当年协助窦太后迫害我的奶奶？受死吧！

在家里听到消息的蔡伦抬头望天，闭起双眼，一声叹息：唉，真是飞一样的感觉呀!

该来的总会来！如果没有人支持，我连饭碗都保不住，哪里还有机会搞发明？如果我现在去磕头认罪，乞求原谅，岂不被人指指点点？一把年纪了，该拥有的都有了，该留下的也都留下了，何必要接受他人的嘲讽与审判呢？

他命人放好热水，痛快地泡了个澡，然后穿上新衣服，戴上新帽子，端着毒酒一饮而尽，自杀了！

马钧·三国时期的"机器制造专家"

一群大臣在魏明帝曹叡面前,为了指南车的事情争得面红耳赤。

"就你?指南车?你确定不是来搞笑的?"散骑常侍高堂隆不屑一顾地看着给事中马钧,嘴巴撇了撇,心想,这家伙说话都费劲,结结巴巴的,还在这里大言不惭地吹牛。指南车不过是远古传说中的事物罢了,有什么证据能够证明黄帝、张衡真的造出过指南车?打仗嘛,还得靠经验。

一旁的骁骑将军秦朗听后也点点头:"说得是,古代传说大多不可信,三代以上的事,谁能说得清。指南车也许是人家酒后吹牛乱编出来的,你也能当真?"

原本就有口吃的马钧急了,他涨红着脸,结结巴巴地说道:"我……我以为,指南……指南车很可能有过。只……只不过我们后人没有……没有认真钻研过。我……我觉得,造指南车也不是……什么……什么了不起的事。"

"哼!"高堂隆冷冷一笑,这小子吹牛不打草稿。小伙子,出来混,别老想着出风头啊!

秦朗也摇了摇头,别看你之前改造过织绫机,那不过是女人用的玩意,指南车可不是你想造就能造出来的。于是他直接讽刺道:"我看你是不知轻重,连指南车基本的构造都不清楚,就想造指南车,省省吧!"

马钧口吃,脑不痴,辩论我不行,造车你不行。与其浪费时间和他们逗口舌之能,不如埋头苦干,用实际行动堵住他们的嘴。成不成,不是你们说了算,而是结果说了算。

面对众人的质疑,魏明帝也只能双手一摊,小马,看你的了,心动不如行动!

没有历史资料,没有实际模型,没有名师指点,马钧开始了他的发明。他埋头钻研,反复实验,一次不行,再来!两次不行,再干!三次不行,继续……

失败接二连三,却始终动摇不了他造指南车的心。终于有一天,他运用差动齿轮的构造原理制成了指南车,无论战车怎么转动,指南车上木人的手,始终指着一个方向,在战场上大显神威。

大臣们的质疑声这时变成了对他的点赞声:小马,小马,你最牛!不愧为拥有多个专利技术的机械小能手。

马钧,三国时期魏国扶风(今陕西省兴平市)人。他出生在一个贫困的家庭,从小就有口吃的毛病,在以说话艺术衡量男人才华的古代,口吃是致命的弱点。所以,马钧也从没觉得自己有什么本事,天哪,将来我到底靠什么生活?诸葛亮舌战群儒,名扬天下,我呢?连个话都讲不清楚。

可是,上天给他关上说话这道门的时候也为他开启了一扇窗。不善说话的他却喜欢动脑动手,从小就喜爱钻研机械技术,不用老师教，他自己摸索着就能雕刻木偶、编织渔网、修理农具。看着母亲及其他妇女为了贴补家用，没日没夜地织绫（一种用桑蚕丝织成的丝织品），熬白了头，织破了手，累弯了腰，生活依旧贫困。为什么呢？因为当时的织绫机非常笨重，每织一匹绫就要用脚踩多个踏板，一天到晚，把人累得腰酸背痛腿抽筋不说，还织不出多少绫，收入和付出完全不成正比。

是不是可以改造一下机器，减少踏板的数量呢？

说干就干！年轻的马钧是个行动派，他对织绫机不断进行研究，拆装，最终竟然成功了。升级版的织绫机不仅大大减少了踏板的数量，还提高了织绫的效率，让织绫机更方便、实用，使用起来又轻松。

马钧因此名震京城。

自此，他在发明创造的路上更是停不下来。一有不爽，他就找东西改造一番。一天，他看到百姓们围着洛阳城中一块闲置的土地议论纷纷：啧啧，如果能引来水，这块地绝对可以成为大菜园，可惜，可惜了！

引水浇地？对啊，以前有人制作过翻车，把水从低处引到高处，但是那种翻车太笨重了，使用起来又不方便，我为何不做一个更轻便好用的呢？

马钧的脑子立即开动起来，查资料，做实验，很快造出了轻巧实用的翻车。即使是小孩，也能轻松踩动轮子，将低处的河水引到高处。从此以后，马氏翻车成了百姓们的最爱，引水，灌溉，轻松搞定。

魏明帝知道了马钧的特长。看着别人进献的各种形状的木偶，魏明帝突发奇想，如果能让这些木偶自己动起来表演各种动作，该多好？要不找小马来试试？

"你能让这些木偶动起来吗？"魏明帝问道。

马钧仔细观察了眼前的小木偶，各不相同，各有动作，造得挺精巧，如果利用水力推动，应该可以让它们动起来，于是他笃定地说道："能！"直截了当，果断干脆。很快，他用木头设计成齿轮，借助水的力量来推动齿轮，整套机器便快速地运转起来，上层的木偶们也跟着动起来，有的击鼓，有的吹箫，有的跳舞，有的骑马，有的舞剑……上演了一场木偶达人秀，这就是著名的"水转百戏"。

太牛了！魏明帝看呆了，还有什么是小马不会的吗？"水转百戏"还不是最牛的，最牛的是自动发石机。原来打仗的时候，大家用的发石车，一次只能抛一块石头。马钧经过深入研究，成功造出了新式轮转式发石车，这种发石车通过木轮驱动，可以将石头连续发射出去，类似于现在的左轮手枪。

但是，马钧的发明却遭到了地图学家裴秀的嫉妒和嘲讽，治国打仗讲究的是智慧，你这种发明属于小打小闹，登不上台面。我看你给皇帝搞搞木偶戏表演还可以，居然还想插手军事设备？小伙子，打仗岂能儿戏？

马钧不服，和裴秀辩论，认真讲解自己发明的优点。裴秀听后冷冷一笑，小样，你一个口吃还敢跟我辩论，说不死你！

面对滔滔不绝的裴秀，口吃的马钧只能呆呆地看着对方，你的唾沫星子漫天在飞，全都是我流过的泪。唉，辩不过你，你说什么就是什么吧。

一旁的文学家傅玄很钦佩马钧的才能，对裴秀说道："你的长处是会讲话，短处是机械制造。马钧的长处是机械制造，短处是不会讲话。你用自己的长处攻他的短处，肯定是你赢啊！但是，每个人都有自己的优势，我们应该用马钧的长处嘛！"

魏明帝去世以后，傅玄又连续几次向魏国贵族安乡侯曹羲、武安侯曹爽推荐马钧，可人家忙于权力斗争，根本不屑于这些所谓的发明创造，一个表演木偶戏的人，哪有资格说打仗？

傅玄只能苦口婆心地劝说："国家需要各种才能的人，有品德高尚的，有口才出众的，有文才高超的。马钧制作的东西，正是国家需要的器械与装备，为什么不让他试试呢？即便不成功，也不过损失一些木材而已，又不会花很多钱？为什么轻易说他不行呢？同事之间的相互嫉妒是免不了的，但是君子是不会因为私心而损害别人的事业，不会把美玉说成是没用的石头的！"

可惜，在古代，技术人员往往处于社会的最底层，大家觉得技术是上不了台面的东西，有没有都不影响自己的地位和财富，不如花时间去搞政治，向上爬才是王道。当权者曹羲、曹爽对科学技术依旧不予重视，马钧最终也因为官位比较低，没能发挥出更大的作用。

在做官为正道的封建社会，多少像马钧这样的人才被埋没，多少发明创造被忽视？古代不是没有工匠，没有工匠精神，而是工匠没有受到过应有的尊重，工匠精神也没有获得官方的提倡。

葛洪·做神仙，也要做得高大上

西晋末年，丹阳郡句容（今江苏省句容县）的山中，一个少年正在大汗淋漓地砍柴。父亲的去世让原本的小康之家铺上了一层寒冰，虽然全家人不至于挨饿，可是喜欢读书的少年突然没了继续学习的机会。吃饭的钱有，买书的钱哪里来呢？抄书的精力有，抄书的笔墨哪里来呢？

只能去砍柴！用柴换回来的钱买纸和笔。于是他白天砍柴，晚上抄书，一直抄到深夜。砍柴赚取的钱只能换取少量的纸张，为了节约用纸，他往往在纸的正反面都写上字，密密麻麻，只有自己能看得懂。

少年性格内向，不爱交游，他每天的时间就用在闭门抄书、读书上。乡里人称他为抱朴之士（"抱朴"是一个道教术语，出自《老子》"见素抱朴，少私寡欲"，指保持本性中的纯真，不为外物所诱惑）。少年觉得这个外号起得好，适合我的性格，从此就自称"抱朴子"。

不知不觉，他啃完了《孝经》《论语》《诗》《易》等经典著作。后来，估计是在砍柴的时候，他遇到了知识渊博的炼丹术士郑隐,上前一聊,他震惊了,听君一席话,胜读十年书。大神,您的见解如此深刻,您是怎么做到的呢?教教我吧!

从此,少年拜郑隐为老师,向他虚心学习,疯狂迷上了炼丹修道。郑隐是真正有学识的炼丹术士,同时也是医术高超的医生,并不像那些只知道忽悠骗钱的普通道士。

随着年纪的增长,勤奋苦读的少年变成了意气风发的青年。小伙子嘛,都会有指点江山的强烈冲动,他加入了吴兴太守顾秘的军队。学霸一出手,便知有没有!因为在镇压地方叛乱的战斗中功劳很大,他被封为"伏波将军"(东汉开国功臣马援也是这个称号)。

但是,西晋末年,战乱频繁,民不聊生。血腥屠杀到处有,小命随时可能没有,那就做个神仙以解忧。该风光的都风光过了,现在保住小命要紧。青年干脆裸辞,从"伏波将军"变成了深山道士。

他听说南海太守鲍玄不仅精通炼丹与道术,还擅长治病救人,便赶紧跑去拜师学艺。鲍玄对这个徒弟越看越喜欢,那就亲上加亲,干脆徒弟、女婿一起做得了,于是他就把女儿鲍姑嫁给了青年。

之后,老丈人将毕生所学统统教给了新女婿,顺便把财产也一并给了他。

青年瞬间走上人生巅峰,堪称"极品赘婿"!

有钱,有闲,有老婆,有学问,该有的都有了,还有什么遗憾呢?如果能延长一点寿命就好了。

于是,他一心读书、采药、炼丹,想做个长生不老翁。

他隐居深山,一边炼仙丹,一边做研究,最终完成了一部有趣的著作——《抱朴子》,这部书虽然记录了很多神仙、鬼怪等虚无缥缈的东西,但也记录了很多养生长寿的方法,以及很多传染病的症状及治疗方法。

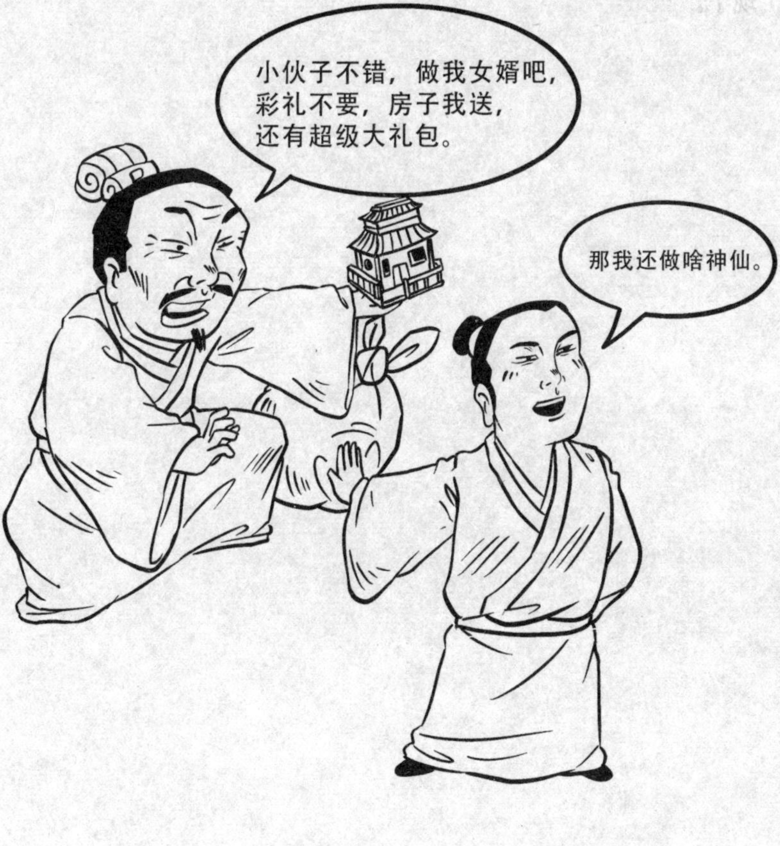
小伙子不错，做我女婿吧，彩礼不要，房子我送，还有超级大礼包。
那我还做啥神仙。

他就是葛洪，东晋道教理论家、炼丹家和医药学家，是我国最早观察和记载结核病的人。

东晋王朝建立以后，朝廷考虑到他之前的战功和现在的名气，给他颁发了最高等级的荣誉证书——关内侯。

封侯拜相是多少文人的梦想，学霸歪打正着，一不小心就实现了。

郦道元·地理也可以很有趣

  在讲究门阀等级制度的魏晋南北朝，郦道元的出身让他具备了可以到处旅游的雄厚资本。他的父亲担任过青州刺史，少年时期的郦道元随父亲游历了很多地方，在旅游途中，他观察各地的风土人情，搜集当地的历史故事、神话传说，尤其喜欢研究水流的变化。瀑布、江河、水花等自然现象，都深深吸引着他。为了了解大千世界的神奇，郦道元刻苦学习，广泛阅读，无论到什么地方，他都会带着书，力求读透书中记载的内容，对不同版本的书中记载有出入的地方，他更是深入研究其中的原因，甚至到实地去考察，亲眼看看书中所写的地方究竟是什么样的。

  父亲去世以后，他世袭了父亲的爵位，进入官场，出任尚书郎。因为他执法公正严明，不偏不倚，被御史中尉李彪推荐，升任治书侍御史，专门审判疑难案件。后来，他又被下放到地方担任冀州镇东府长史。

  郦道元为官只讲法律，不讲情面，对待那些犯罪的人绝不手软。所以冀州城内的奸人盗贼们看到这儿纷纷跑到其他地方混去了。老郦太狠了，在他手下没法干打家劫舍的生意啊！

因为政绩突出，郦道元升任鲁阳郡太守。他在这里建学校，推广教育，教化乡民——遵纪守法，一切好谈；违法犯罪，严惩不贷。一时间，鲁阳郡的官吏失去了贪污腐败的机会，手掌痒痒，心里慌慌。

郦道元转任荆州刺史后，执政的风格依然是——猛。懒政不作为的，怕他；贪污受贿的，怕他；利用关系做生意的，怕他；依仗特权作威作福的，怕他。

有人联合起来去皇帝那儿告他的状，说郦道元太过苛刻，群众对他不满意，希望把他调走。恰逢此时，郦道元工作上又犯了点小错误，最终被罢了官。结果这一罢，罢出了一个伟大的地理学家、文学家。

罢官期间，郦道元闲来无事，看着早已经被他翻烂了的《水经》，一个大胆的想法在他脑海里浮现。《水经》里对河流的记录太简单了，很多地方都让人读不懂，我为何不给它加上注释，让简单的记录丰富起来，让难懂的内容通俗起来。对，我可以结合多年的阅读和游历经验，让《水经》变得更好看。

《水经》简要记述了全国一百多条主要河流的水道情况，原文只有一万多字，对水道的情况记载得相当简略，缺乏系统性，对水道的来龙去脉以及流经地区的地理情况描述得也不够具体。它的作者有争议，《旧唐书·经籍志》《隋志》认为其作者是郭璞，《新唐书·艺文志》说作者是桑钦，宋朝以后的人大多认为《水经》的作者是桑钦。

无论是谁写的，《水经注》一出，人们只记住了郦道元，因为他写得太好了。虽然是以《水经》为蓝本注释，实际上是郦道元在《水经》框架基础上的再创作。文字比原著增加了二十多倍，内容也丰富生动了很多。

郦道元是个对自己要求很高的人，他不想只做书籍的搬运工，而想做个实地的考察者。他一生辗转各地做官，常常利用工作之余对《水经》里的记录进行现场调查，搜集当地的地理著作和地图，走访当地的老百姓，考察各地河流干道和支流的分布以及河流流经地区的地理风貌。

他带上干粮与水壶，吹着郊外的冷风，探寻古代的遗迹，追溯河流的源头；放低身份与姿态，深入田间地头，采集民间歌谣、谚语和传说；拿起毛笔与纸张，随时随地记录，积累第一手原始资料。夜深人静之时，点上油灯，整理所见所闻，反复研究对比河流的改道、地名的变更、城镇村落的兴衰等。

在书中，他引用了四百多种历史文献、资料、碑刻等，详细记载了每条河流的地质、地貌、气候、物产民俗、历史古迹、水利工程、山川寺庙、民歌民谣以及神话传说等，经过长年累月的创作，《水经注》超越了单纯的地理书，成了一部百科全书。只要跟河流相关的资料，《水经注》里基本都有，这本书既有教科书的严谨，又有课外书的好玩，吃、喝、玩、乐、游……你想看的，这本书里统统都有！好看，好玩，又深刻！

郦道元没想到的是，这本书还给后世文人创造了大量的就业机会，很多人专门研究《水经注》，并渐渐地形成了一门新的学问——郦学。

《水经注》的魔力不仅在于它丰富的内涵，还在于它美丽的外表。郦道元的文字风格丰富多变、简洁生动，读起来有一股小清新的味道。

写山水文章，郦道元乃是祖师爷。

后来，魏孝明帝迁都洛阳，又重新起用郦道元担任河南尹，治理新都城。没过多久，工作出色的郦道元又升任安南将军兼御史中尉。

他一如既往地严格执法，一如既往地得罪同僚。京城不比地方，这里达官贵人云集，哪个都让人得罪不起。郦道元偏偏不信邪，他始终对所有人一视同仁。汝南王元悦有个心腹侍从叫丘念，这个人作恶多端，坏事干尽，郦道元准备将他捉拿处死。丘念躲进了汝南王府，小样儿，你郦道元再胆大，也不敢到王公贵戚的家中来拿人吧？有本事，你过来啊！

好的，我就过来！

郦道元岂是凡人？他不达目的誓不罢休！通过暗访，他得知了丘念偷偷返回自己家中的时间与路线，于是下令半路出击，将他逮捕。汝南王元悦知道后，上奏太后，请求保全丘念之身。如果公开杀了我的侍从，我的面子往哪儿搁？于是，太后下令赦免丘念。

眼看小人即将得逞，法律即将被践踏，郦道元抢在太后命令下达之前就把丘念处死了，并以此事检举元悦的不法行为。从此，汝南王与他势不两立。

郦道元还因为坚持公平公正，又得罪了城阳王元徽。

元徽和他的叔父元渊一向斗来斗去，在一次战争中，元渊死于叛军之手，元徽知道后封锁消息，诬陷元渊投降叛军。郦道元查清事实真相以后，秉公执法，如实上奏，还了元渊清白。元徽恨得咬牙切齿，暗暗发誓，不懂变通的书呆子，总有一天，我要弄死你。

南北朝时期，战争不断，国家急需闲时能管理、战时能打仗的官员。既懂天文地理，又能保持军队纪律严明的郦道元经常被朝廷派出去南征北战。他一边打仗,一边写作,将在征战沿途中看到的地理知识写进了《水经注》。

《水经注》里记载了历史上各地发生的大小战役、战斗不下三百场,而且对作战双方特别重要的地理条件,如山岳、关隘、河川、渡口、桥梁、仓储等都进行了详细的描述。山与水往往是决定古代战争胜负最重要的条件,尤其山中的隘口更是兵家必争之地,《水经注》重点记载了各地的重要关隘一百四十多处。

郦道元凭借丰富的实战经验,让地理书有了军事书的作用。

文武双全的人容易遭人嫉妒,何况又是不懂圆滑、触犯权贵的郦道元。朝中无数双仇恨的眼睛时刻盯着他,不弄死他誓不罢休。但郦道元出身高贵,又是朝廷命官,他严于律己,政绩显赫,想要置他于死地,不是件容易的事。

那些人想出阴招——那就先抬后杀!捧杀!

齐王、雍州刺史萧宝夤拥兵自重,图谋反叛,战争一触即发。魏孝明帝与大臣们商量,派一名得力的大臣前往雍州巡视安抚,顺便探听萧宝夤的虚实。派谁去合适呢?大家你看看我,我看看你,都知道此番前去,必死无疑。

死?

众多仇视郦道元的人兴奋了,城阳王元徽等人带头举荐郦道元,他不是文武双全吗?他不是能征善战吗?除了他,还有谁能担此重任?皇帝和太后听后也用力地点点头,是他,是他,就是他!于是立即任命郦道元担任关右大使,去安抚、监视萧宝夤。

提前得到消息的萧宝夤必然不会坐以待毙,让郦道元进来,岂不等于让一根钉子插进我的心脏?于是他准备来个出其不意,攻其不备,派遣部下郭子恢在阴盘驿亭团团围住了郦道元。

萧宝夤先下手为强，背后肯定有人暗中怂恿，通风报信。无奈的郦道元只能率领小分队退守阴盘驿亭后的山岗上。山上没有食物，没有水源，郦道元指挥属下挖井，可是打了一口又一口，挖了一层又一层，也不见水涌出来。饥渴的众人失去了抵抗力，很快被萧宝夤攻陷。

郦道元被乱刀砍得血肉模糊，但他依然怒目而视，大骂叛军。可惜，叛军已经杀红了眼，既然造反了，就要杀他个干干净净。郦道元的弟弟郦道峻、郦道博，长子郦伯友、次子郦仲友也被杀害。同年十月，萧宝夤在长安发动了叛乱。

后来，魏军收复长安，郦道元被朝廷追封为吏部尚书、冀州刺史、安定县男，总算给了他一个比较好的待遇。

郭守敬·在科学探索的路上停不下来

这不是失传的莲花漏的图纸吗？好家伙，果然很精巧，如果能还原它该有多好。

一个表情冷静的少年盯着一幅拓印的石刻莲花漏图出神。当年，北宋科学家燕肃在古代计时器漏壶的基础上，改进并制造出了更为精密的计时器——莲花漏，莲花漏计时方便又准确，好比现代的钟表。

少年也想造一个这样的计时器！可是，他并没有见过真实的莲花漏，对于制图的原理、内部的构造，他也没有清晰的概念，怎么办呢？

摸索，实验，没有什么不可能！说干就干。少年仔细观察图纸，查阅大量资料，弄懂了花漏的传动原理，测试了漏水速度和计时精度，便开始准备木料和工具，埋头苦干。手被划破了，不停止；腰被累弯了，不停歇。他的脑子里只有一个信念，只要去做，就一定能成功！

没过多少天，一台精巧的莲花漏横空出世。他学识渊博的祖父看到后也惊叹不已："咱们郭家出了一个好苗子啊！"

少年的名字叫郭守敬,生于金朝末期的邢州(今河北省邢台市),从小就失去了父亲,跟着祖父郭荣一起生活。郭荣是金、元之际的大学者,不仅精通五经,熟知天文、算学,还擅长水利技术。跟着这样的祖父,想不成为学霸都难。

元朝初期,没有科举制度,很多文人特别压抑,无处释放激情。但对于那些有志于学习科学技术的人来说,反而是件好事——不用受到科举的约束,不用反复参加考试,反而能够自由发展自己的兴趣爱好。

不爱说话的郭守敬动手能力特别强,只要看到书中的机器图片,他都会尝试着把它们造出来。他曾经用被削成薄片的竹条搭建了一架"浑天仪"——在院子里用土堆起一座高台,将浑天仪搭在上面,旁边配一盏小灯笼。到了晚上,他就登上高台,慢慢地转动浑天仪,观测星空,认真记录星星的位置和运行轨道。

一边刻苦读书,一边动手实验,我来自小镇,但不仅仅是做题家。长大后的郭守敬成了远近闻名的学者,"粉丝们"不断上门求教,"要求合影"。当时蒙古大军跨过了长城,灭掉了统治北方地区的金国,中原大地正式进入元朝版图。

为了孙子能有更好的发展和前途,郭荣将郭守敬送到当时著名的学者刘秉忠、张文谦门下学习。勤奋的郭守敬在邢州城西紫金山与老师们、同学们一起研究天文、历法、算学等,成为"邢州五杰"之一。

蒙古亲王忽必烈为了发展自己的势力,大肆招揽各种人才,刘秉忠、张文谦先后受到重用,成为忽必烈手下的重要谋士和得力干将。忽必烈成为皇帝之后,让张文谦担任宣抚司的长官,到河北、河南一带监督、指导河道的整治工作。接到任命后,他立即起用了熟悉水利工程的徒弟——郭守敬。

千里马碰到了伯乐，开启了狂奔模式。

领了任务，就得拼命干！郭守敬通过多次实地考察，对河道的走向、水利设施、河水泛滥的原因等都做了详细记录，并绘制成地图。随后，他带领一群人疏通之前被人为破坏的河道，使四处漫延的水流各回各家，各找各妈，在原有的河道里流淌。郭守敬在查阅资料、实地勘查的基础上，还准确挖出了被埋没多年的石桥遗址和遗物。一时间，他名声大噪。文学家元好问为此还专门写了一篇散文——《邢州新石桥记》。

他凭借超强的专业技能得到了忽必烈的重用，被指定为历法修订的"主持人"。

封建统治者们都非常重视修订历法，为什么呢？首先是为了稳住自己的位子。儒家思想认为皇帝是天子，是代表老天来造福凡间的。这种说法怎么证明呢？历法！皇帝的嘴巴很金贵，不会浪费口舌来直接告诉你该干什么，不该干什么。他要通过历法来传达上天和他自己的旨意——什么时间该干什么事，比如祭祀祖宗、丰收仪式、娶妻嫁女等，都要选择黄道吉日。历法上面会清楚地写明每个时间段的习俗和禁忌。

而且在古代，没有电视、报纸和手机，改朝换代、新皇登基等大事件，大部分地区尤其是偏远地区的老百姓没办法知道。该怎么通知大家呢？靠人一个个地去说，还不把官吏们累死？那就重新制定历法，发到每户人家。百姓们一看，历法变了，便知道新的皇帝诞生了，新的时代来临了。我们该拥护谁，该崇拜谁，清清楚楚。

从国家层面上来说，历法也很重要。如果一个小国想要追随你、归顺你，首先就要使用你的历法。

其次是充实自己的钱袋子。古代社会是农业社会，看天吃饭。收成好不好，直接关系到皇帝的钱袋子鼓不鼓。有了科学有效的历法，就能精准地知道什么时候插秧种地，什么时候可能会有灾害，什么时候能收成，什么时候是春分，什么时候是冬至……这些都要一一弄清楚，否则，错过了农时，损失可就大了。有了好历法，农民笑哈哈，皇帝有钱花。

刚刚即位的忽必烈看着国土面积空前扩大，各个地方的气候、风俗都不一样，怎么才能让大家统一行动听指挥呢？

老郭，请你尽快编制新历法，实力派干将，非你莫属！

专业的人做专业的事。郭守敬提出新的观点：历法的根本不在推算而在测验，而测验的工具不是大脑而是仪表。他组织大量的人力、物力，研制了高表、正方案、证理仪、玲珑仪、候极仪、日月食仪等观测仪器，尤其是大大简化了前代的浑天仪，制造出了世界上最早的大赤道仪——简仪。

有了仪器，他开始测验。

他在全国选取27个观测点，派出14队人马，从朝鲜半岛到河西走廊，从西伯利亚到南中国海，跑遍每个关键的地方。他自己也带领一队人马行走万里，日夜监测。郭守敬团队经过成百上千次的观察、测试，成功测出了国家领土的经度、纬度，以及冬至、夏至、春分、秋分等节气的昼夜长短，这就是历史上著名的"四海测验"。

有了实际的数据和资料，郭守敬又开始进行大量的数学计算。为了提高效率，他又创立了招差术、三次内插法、合于球面三角法等领先世界的数学方法。他翻阅几百年来的历法资料和书籍，结合冬至的测量数据，经过多次数学计算，测算出了回归年的长度为

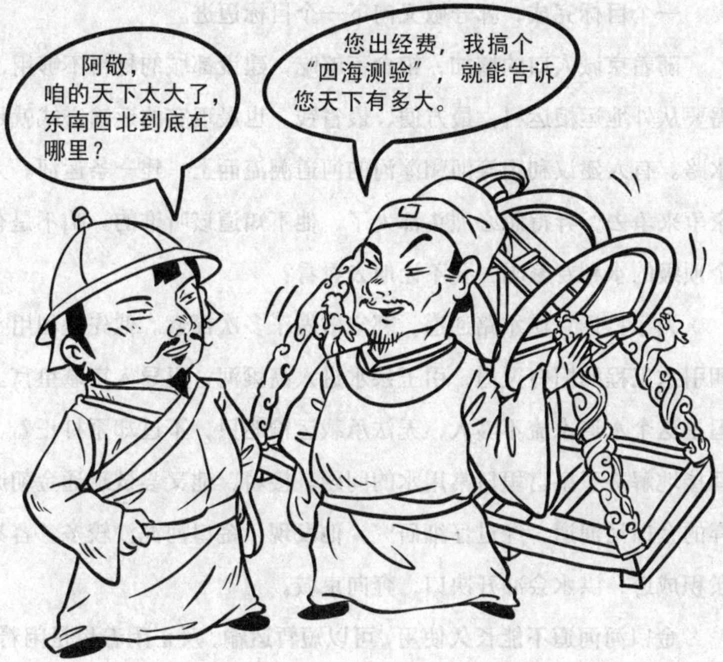
阿敬，咱的天下太大了，东南西北到底在哪里？
您出经费，我搞个“四海测验”，就能告诉您天下有多大。

365.2425天，距近代观测值365.2422天仅差25.92秒。

在测验、测算、总结的基础上，一部精良的历法——《授时历》终于完成了。即便到了明朝，大家弄来弄去，也没有弄出更精准的历法，干脆把《授时历》改名为《大统历》，继续颁行天下。这部历法成了我国历史上施行时间最久的一部历法。

一个目标完成，郭守敬又向下一个目标迈进。

随着京城人口的增加，粮食不够吃，建设都城的材料不够用，需要从外地运粮运料，最方便、最省钱，也最现实的运输方式就是水路。有人建议利用滦河和浑河的河道溯流而上，建一条运河。大家争来争去，弄得忽必烈头都大了，他不知道该听谁的。咱不是有个顶级的水利专家吗？要不让他去看看？

为了打通京城水路通道，郭守敬做了多次探索。他先是利用金朝引水工程的旧有渠道，引玉泉水进入高梁河，再导入京城皇宫。但是这个水道水流不够大，无法承载运输船只，不过却歪打正着，间接地解决了皇宫里日常用水的问题。接着，他又尝试疏通金朝废弃的金口河河道，经过仔细研究，他发现，金口河泥沙较多，容易淤积成患，洪水会冲开决口，奔向京城。

金口河河道不能长久使用，可以短暂运输，反正闲着也是闲着。当时，京城正在铺天盖地搞建设，需要从各个地方运输建筑材料。在洪水期到来之前，他命人挖开金口河旧有的河道，临时解决了京城各项建设工程的运输问题。

学霸做事，坏事也能转变为好事。

后来因为忽必烈调郭守敬编修《授时历》，开通运河的事才搁置下来。现在正是时候，老郭，你辛苦一下？

郭守敬点点头，与其争论不休，不如到此一游，只有实地勘查，掌握数据，才能知道合不合适。经过测量分析，他发现大家的建议不切实际，根本无法施行，但是，他也找到了解决问题的新方法——打造京城大运河。

看到郭守敬提交的新方案，忽必烈一拍大腿，太棒了，你上知天文，下知地理，开凿运河这项工作，就交给你了！于是，忽必烈立刻重新设立都水监（类似现在的水利部），命令郭守敬担任都水监事。运河开工之日，忽必烈命令丞相以下的官员一律到工地劳动，听从郭守敬的指挥，他是在用这种方式告诉大家，郭守敬想干吗就可以干吗，你们要听他指挥。

虽有皇帝的大力支持，郭守敬并未骄傲，依旧保持着谦虚务实的作风。他白天实地走访，晚上设计方案，经过反复研究，他发现白浮村神山地区有丰富的水源和泉眼，如果从这里开挖，埋藏在地下的多个泉眼就会喷涌而出，流经的水流会越积越多，源源不断。于是，他引入神山泉水，在白浮村修建了一个挡水的堤坝，汇集成白浮堰，这样即便是干旱季节，也能保证有水流出。

一路上，有的地势高，有的地势低，运河的落差比较大，怎么办呢？他又巧妙地建设了几十个闸口，利用闸坝调解水流、放行船只。如今的长江三峡大坝和巴拿马运河都运用了这一原理。

郭守敬仿佛一个现代穿越到过去的水利专家，根据地形、地貌开通了从通州到大都积水潭（今北京市市区）的水道，解决了通惠河的水源问题。从此，船只可以直接开进都城里的积水潭。

运河开通以后，不仅解决了漕运问题，还解决了城市的日常用水问题。一天，忽必烈从上都（今内蒙古锡林郭勒）回到大都，路过积水潭，看到水上的船一只挨着一只，嘴巴笑开了花。从此，我再也不用担心京城的粮食问题。咱有老郭，有困难也不必躲！

忽必烈大手一挥，亲自赐名这条河为通惠河，并奖励郭守敬一万二千五百贯现钞，升他为太史令兼提调通惠河漕运事。

郭守敬用专业知识与技术赢得了所有人的尊重。

到了元成宗铁穆耳统治时期，有人提议在上都西北地区开一条泄山洪的渠道，向南引入滦河。元成宗拿不定主意，要不问问专家？老郭，来上都！

眼光毒辣的郭守敬仔细研究了当地的地势和历年的山洪资料，说："水渠可以建，但是宽度一定要在五十步到七十步之间，不能太窄了！"主持这项工作的官员听后不乐意了，我看你是年纪越大，越胆小谨慎了。河道的宽度窄一点，既能缩短工期，又能节省成本，何乐而不为？五十步和四十步能有什么区别？差不多就行了。

元成宗也被主持官员说动了，是啊，不就泄个洪嘛，水渠宽一点窄一点有啥区别？钱花得太多，咱心疼啊！他没有听从郭守敬的建议。结果，第二年山洪暴发，因为河道太窄，洪水泛滥，冲出堤坝，还差一点冲毁了元成宗的行帐。

捡回一条命的元成宗望着肆虐的洪水，一声叹息："郭太史真乃神人也。"可惜，当初元成宗太傻太天真，没听他的话！

经此一难，元成宗将郭守敬视为"镇国之宝"。他下令，其他官员七十岁就可以退休，但郭守敬不行，咱离不开你！你就牺牲一下，春蚕到死丝方尽吧！

朱震亨·半路杀出的"活神仙"

此人出生在元朝婺州义乌（今浙江省金华市）赤岸镇的一条小溪——丹溪的旁边，成名后大家尊称他为"丹溪翁"或"丹溪先生"。

小时候的他智商很在线，经常有长辈摸着他的头说，不错，不错，小朋友有前途！可是随着年龄的增长，他变得争强好胜起来，路见不平就是一声吼，丢开书本就要去做游侠。"必风怒电激求直于有司，上下摇手相戒，莫或轻犯。"超强的战斗力让混混们都害怕，他成了街头最靓最狠的"霸道总裁"。

一晃眼，他36岁了，除了能打架，他一事无成，心中不免有点失落。一次偶然的机会，他听了朱熹第四代弟子许谦的儒家经典课程，心中豁然开朗。于是，他收拾行装跑到许谦的门下学习，从一个想仗剑走天涯的人成了儒家的苦读生。

听着老师精彩绝伦的讲解，他崇拜不已，感觉前半生的自己简直就是懒鸟不搭窝——得过且过（"听其所讲，天命人心之秘，内圣外王之微，方悔恨昔日之沉冥颠沛"）。

经过几年的刻苦学习，他大有长进，本打算参加科举考试，可是考前，他遇到一位算命先生给他算命，算来算去都不像有中举的征兆。原本就无心做官的他索性断了考试的念头,大爷我还不考了!

他回到家乡,办私立学校("在祠堂之南复建'适意亭'"),教授同族的子弟读书,成为乡里的"代表",常常替百姓出头,为民请愿,政府有时也会采纳他的建议。他还积极组织大家一起兴修水利。当地有个"蜀墅塘",原本能灌溉农田六千多亩,但因出了问题后常年未修,经常断水。他二话不说,带领家乡父老重新开凿了三条渠道,引入水源,造福一方。

曾经的街头混混成了百姓心中为大家造福的人。

身患慢性病的老师许谦看到学生博学多才又侠骨热肠,只是不够专注,一会儿干这个,一会儿干那个,长此以往,可能依旧一事无成,便想了个一箭双雕的好办法。他对这个学生说:"我现在生病很长时间了,可遇不到一个像样点的医生,一直治不好,不能起床教书,以后怎么办?唉!"

打出感情牌以后,又采取激将法,许谦瞟了一眼对他非常崇拜尊敬的学生,继续说:"你这么聪明,不知道肯不肯去学医呢?我这个病没有医术高明的人是治不好的。你要是肯学,我这条老命就有救了!"

学生看着痛苦的老师心疼不已,忽然眼前一亮,是啊,老师说得对,我为何不学医呢?如今朝廷腐败不堪,做官救不了人,做游侠也救不了人,做"代表"也帮不了大家。记得年轻的时候,母亲生病,看了很多医生都没用,结果是他自己翻阅古代医书,开处方抓药,奇迹般地治好了母亲的病。在当时,年少的他还成功上了方圆百里的"新闻头条"。

对了,学医!就学医了!我一定要学成归来,治好老师的病。

说干就干！走起！

于是，他找来大量的医学典籍，通宵达旦地学习，越学越觉得疑惑增多，怎么办？他干脆装成病人，到处寻找名师，走过了很多城市，翻过了无数大山，最后听说有个叫罗知悌的名医，医术特别高超。

可是问题来了，大家都说这个名医性情古怪孤僻，不愿接触俗人，更不愿教授徒弟。

这个人心想，哪个有本事的人没点个性？我不也很有个性吗？脾气再好，医术不硬也不行嘛！

我要比他还有个性！

他立刻去拜访罗知悌，果然不出所料，他被拒之门外。他早就料到了，无妨！一次不行就两次，两次不行就三次、四次、五次……

他每天毕恭毕敬地站在罗知悌的门前，刮风下雨也纹丝不动。

有些知道他以往故事的人跑去告诉罗知悌："外面的那个怪人一直侠义为怀，为百姓们做了不少好事。"

听完他的神奇传说，罗知悌心动了，有个性！对我胃口！进来吧，咱们聊聊！

两人见面一聊天，啊呀，老朽糊涂了，糊涂了，有你做徒弟，我的医术绝对后继有人。罗知悌立刻收下了这个徒弟。

从此以后，中年大叔在年迈老头的指导下，刻苦攻读一系列医书——《素问》《难经》……在实战中开药方，在思考中求创新。

一年多后，他的医术大有长进，告别师傅回到了老家，他要治好老师的病。

一帮乡下郎中们听说曾经的混混拜在名医门下，心中不服，咱们用功一辈子，才敢给人治病，他才学一年多，就想开堂问诊？大

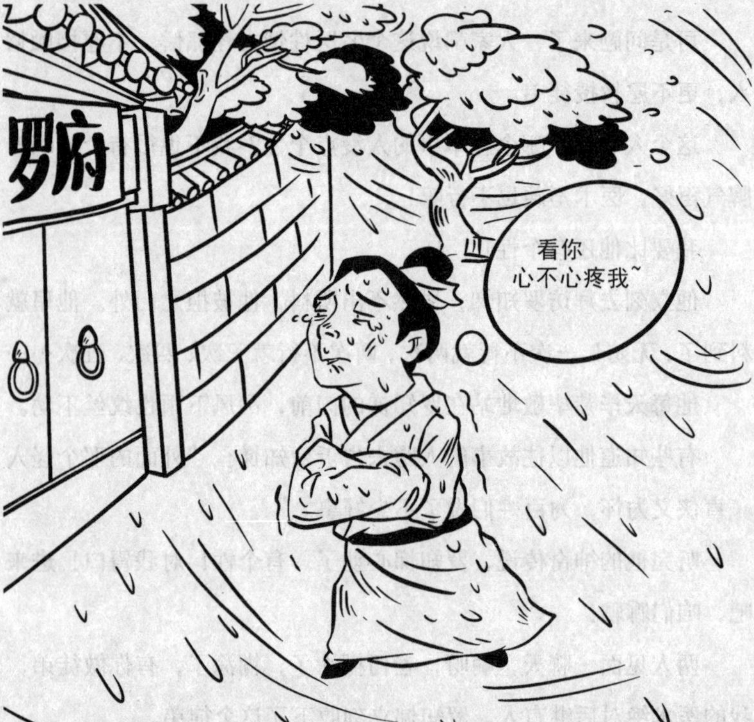
罗府
看你
心不心疼我~

家一看药方,哈哈大笑,这也是药方?简直就是旁门左道嘛!完全跟老祖宗的医书反着来。你该不会是没好好学习吧?

中年人懒得辩解,你们的药方中规中矩,照搬照抄,不也总是治不好人吗?药方怎么样,效果来说话。待在一旁,看我表演!

很快,他用那些被人嘲笑的药方治好了老师许谦多年的旧病,"代表"成了"活神仙"。治病求医的人从四面八方如潮水般涌过来,神啊,救救我吧!

唉,一个人晃了半辈子,终于成了医学界的学霸。前半生浪费人生,后半生治病救人。他有求必应,来者不拒。高强度的工作让"护士们(帮忙的仆人)"叫苦连天,啊呀,患者太多,累死了!

他却擦掉额头上的汗水,微微一笑,继续救人。

这个半路学医的"活神仙"就是元朝的朱震亨。

他晚年整理自己的行医经验与心得,写成了许多著作:《丹溪心法》《格致余论》《局方发挥》等,其中《丹溪心法》最出名。朱震亨创立了有名的"阳常有余,阴常不足"及"相火论"学说,被誉为"金元四大家"之一。

梅文鼎·学好数学,咱有"四不怕"

明朝末年,安徽省宣城市,一个看似普通的孩子出生了。他九岁便能熟读五经,精通史书。明朝被清朝取代之后,他带着"神童"的光环参加了几次新朝的科举考试。可是,无论朝代如何变化,科举总是那么冷若冰霜。

嘿,不是咱的智商不行,而是选择的方向不对。在学校,他只能学习四书五经,但在家里,父亲梅士昌却教他天文和数学,他发现自己对数字和天文有一种特殊的爱。每个晴朗的夜晚,是他最美的期待。因为这个时候,父亲和好友罗王宾总是聚在一起观察天空,探讨星星和月亮的运转规律。这些新奇的知识和术语比八股文有趣多了。他的内心不禁产生了疑问:为什么考试只能考四书五经?为什么只能写八股文?如果能把数学、天文等有趣的科目纳入科举考试该多好!

一转眼,他成了二十岁的年轻人,依旧热爱天文、数学,依旧厌恶科举考试那一套。好在家里经济条件不错,没有功名的他也能顺利结婚娶妻。但随着祖父、父亲相继去世,他成了家里的顶梁柱,生儿育女,忙里忙外,他既没兴趣也没时间参加科举考试了。只要物质条件基本允许,何不按照自己的方式活一生?

他跟着老师倪观湖学习历书《交食通轨》,学着学着,他发现了书中不少的错误。这怎么跟我之前观察和测算的结果不一样?于是他针对《交食通轨》中的错误进行考证、修订,写出了《历学骈枝》。倪观湖看了之后,望着这个学生,眼神里露出三个字:就服你!说道:"你的智慧已经超过为师了。"

从此以后,梅文鼎找到了毕生钻研的方向——历算之学。历法的制定和修改不仅离不开精确的测算,更离不开对数学原理的深入阐释。既然选了,就要坚持,否则干什么事都不会成功。

来吧,数学,让我彻底征服你!

梅文鼎为自己制订了学习"四不怕"原则。

一不怕难。遇到难懂的题目和问题,绝不找借口,也绝不偷懒,直面难啃的骨头,与难题正面硬杠,看谁先妥协?搞不懂,不吃饭,不睡觉,就在这里死死盯着你,一定要把你吃掉。

二不怕烦。因为出版商和读书人一直重视科举考试等热门畅销书的出版和抄写,其他跟做官没有多大关系的学科则被打入了冷宫,无人关注,也无人修订。梅文鼎收集、购买的数学书和辅导资料,因为时间久远而残破不全,读起来前言不搭后语,自相矛盾,错漏百出。大部分人会越看越烦,越看越累。梅文鼎则告诫自己,耐心,耐心,还是要有耐心!资料不全,我就把不同的版本放在一起,仔细辨别订正,哪怕一个字不同,我也得弄清它们为什么不同。靠着这样的精神和做法,他拥有了全面、科学的教科书和辅导书。

三不怕苦。每天深夜时分,梅文鼎的书房依旧亮着灯;每天清晨天刚蒙蒙亮,梅文鼎已经起床刷题。春暖花开,他没心思踏青;寒冬腊月,他没想到取暖。他的眼里只有数学题。

四不怕丢面子。遇到自己实在解不开的问题，他就记在本子上，出门带在身上。遇到懂数学的人，他就上前搭讪，不管对方是何身份、何年龄，只要他们说得对，就拜他们为师，虚心请教。面子哪有学问重要。坐井观天，只能沦为别人口中的笑料；虚心请教，就会成为他人心中的标杆。

清朝初期，有很多传教士带来了西洋先进的数学与科学技术。梅文鼎并未像很多老古董那样，对西洋的学问不屑一顾。不管黑猫白猫，能逮到老鼠就是好猫。他系统地学习古今中外的历法，综合研究中西方的数学，谁说的有道理，就向谁学习，进而融会贯通，洋为中用。他在发掘、整理中国古算法的同时，又潜心研读了《几何原本》等西算书籍。后来，他把自己写的二十多种数学书统称为《中西算学通》。

面对部分盲目自信、蔑视中国文化的西洋传教士，他也不惯着，让你们看看咱们中国传统数学的精妙。他结合自己多年的研究心得写出了第一部数学专著——《方程论》，西方传教士们看到后纷纷对他竖起了大拇指，梅文鼎，你值得顶！

除了数学，梅文鼎还深入研究了历代七十余家历法，同时参考西洋各家历法，对它们反复比较，仔细修订。做研究时，他不仅注重理论，更注重实测，他利用亲自制作的天文仪器璇玑尺、揆日器、侧望仪、仰观仪、月道仪等工具，认真观测天象，完成了大部头著作《古今历法通考》。

学贯中西的康熙大帝曾经在南巡的时候，三次召见梅文鼎，与他探讨天文、数学等问题，并题写"积学参微"，奖励梅文鼎。

学霸到了晚年依然激情燃烧，不知疲倦。一生完成了《笔算》《筹算》《度算释例》《勾股举隅》《五星管见》《恒星纪要》《历学答问》等几十部重量级著作，成为清朝历算"第一名家"和"开山之祖"，被世界科技史界称为与英国牛顿和日本关孝和齐名的"三大世界科学巨擘"。

徐寿·千里黄河水滔滔，学霸家庭永不倒

清朝同治年间，南京下关码头，人山人海，万人空巷，一只长十八米、排水量四十五吨的木质外壳蒸汽轮船即将下水。众人心中充满了疑虑，造船者心中也充满了忐忑。

会不会还像上次一样行驶一会儿就停了呢？会不会行驶得很慢？会不会……

这是中国人自主设计制造的第一艘蒸汽动力船，除了少部分材料是从外国买的，大多是用国产原料加工的。曾国藩、曾纪泽父子出席了仪式，各界名流、外国人都来看热闹。

蒸汽船——"黄鹄"号下水了。只见它缓缓地开出了码头，在水上稳稳地行驶着。成功了，终于成功了。"总设计师、制造师"徐寿与儿子徐建寅及好友华蘅芳（近代著名的科学家，擅长数学，比徐寿年纪小）抱头痛哭，咱们也有自己的蒸汽船了！

清朝嘉庆二十三年（1818年），江苏无锡一个富裕的农民家里，徐寿出生了。徐家原本务农，自从祖父在务农的同时兼职做起了生意，家庭开始了脱贫致富奔小康。徐寿的父亲有了条件读书学

习，无奈身体太差，早早就去世了，留下了年幼的徐寿。母亲含辛茹苦地将儿子和两个女儿养大之后，也随父亲去了。

家庭的重担压在了不满二十岁的徐寿身上。在那个时代，考科举是普通家庭逆袭的最好手段。徐寿认真学习四书五经，苦练八股文，参加了一次童子试（选拔秀才的考试）。考完之后，他觉得考试好没意思！都是标准答案，都是固定结构，难道我的人生就要浪费在这样莫名其妙的题目和考场里吗？这些老旧书能帮我们打败英国人吗？能让我们过上快乐的日子吗？如果我像其他人一样，只顾着考试，即便考上了，家人估计都要饿死了。祖父当年一边务农，一边经商，不也让我们过上了衣食无忧的生活吗？我又何必把自己和家人困死在科举的考场上呢？

唉，不考了！我一边经商，一边学习，赚钱养活家人。虽然不能做考霸，但可以做学霸。他给自己定下了几条规矩：不说没用的废话，不信算命风水，不学迷信占卜，待人真诚不虚伪，追求实用不附会。

在科举为王、做官第一的大清朝，这样的选择需要极大的勇气和超强的智慧。别人会认为你是神经病，没前途！可没了考试的束缚，徐寿反而能够自由地选择读书的内容，他找出《诗经》《禹贡》中记载山川、物产的内容；研究《水经注》等地理著作，关注古今地理的变化；跟着能工巧匠学习技术，亲自制作各种手工艺品。

只要他认为实用的知识，都会认真学习。

他因为做生意走南闯北，知道不少从西方传过来的科技著作。看着这些有趣的书，他发现，原来我们的世界竟然如此神奇！

对，以后咱就学这个，专心研究"格物致知（穷究事物的原理。当时没有'科学'这个名词，格致学类似于现在的科学）"之学。

拥有这样思想的人，在当时属于异类。虽然鸦片战争打醒了部分有志之士，但是大部分官员和热衷科举的读书人都把西方科技看成是"奇巧淫技""非儒所尚"，学科技有啥用？能让我们做官吗？能让我们有面子吗？正经文人怎能搞歪门邪道？

反正我已经是不正规、不正经的读书人了，我用自己赚的钱学科技，别人管得着吗？

徐寿一头钻进了近代科学里。当时没有科学教育类的学校，也没有专门的研究机构，更没有专业的老师，连翻译过来的书籍都少得可怜，怎么办呢？

没有老师他就拼命自学，没有书籍他就四处搜寻，数学、几何、物理、汽机、光学、医学、矿学等，像吸铁石一样牢牢地吸住了他。不穷究出其中的道理，我就不睡觉。

做完生意，干完工作，他就钻进科学书籍里，学习到停不下来。他有时熬夜到天明，有时俯首在刷题，有时对着书抓头，有时报着嘴思考。遇到难题，他就会和同乡好友华蘅芳一起探讨，每当解决一个难题之后，两人就会放声大笑，爽！

他人看我太疯癫，我笑他人看不穿。

可是他用土办法学习科学，终究不够系统深入。咸丰初年，英国人在上海创办了"墨海书馆"，向中国人介绍西方的科学技术，并向中国读书人广发"英雄帖"——招聘翻译助理。徐寿、华蘅芳看到后两眼放光，嘴唇颤抖，做这份工作既能拿工资，又能学科技，我们还犹豫什么？走过路过，千万不能错过。

走，咱们结伴去上海！

在墨海书馆，他们不仅看到了大量之前看不到的书籍，还认识了同在书馆做翻译工作的数学大师李善兰。在这里，他们如饥似渴地学习，不放过每一本书，终于等到你，怎能轻易放弃？他们读到了一部墨海书馆刚出版的奇书——《博物新编》的中译本，里面介绍了当时世界上最新的物理、化学、天文、生物、地理等自然科学知识。

第一章的氧气、氮气等化学知识就让徐寿深深着迷了，原来在我们肉眼可见的事物之外，还有另外一个有趣的世界！

为了弄懂这些有趣新鲜的知识，徐寿一边阅读思考，一边进行实验。为了弄明白光是否真的如书上所说，有多种颜色，他找遍上海的店铺想购买三棱镜，却始终买不到。

一定要看到光真正的颜色！

没有条件，咱自己创造条件！没有三棱镜，咱自己磨，铁杵还能磨成针，我不信我磨不出个小三棱镜！徐寿找来自己的水晶图章，照着设计图一点一点地打磨，终于磨出了简单的三棱镜。他把三棱镜放在阳光底下，接下来，就是见证奇迹的时刻！

嘿，居然真的有七种颜色！太棒了！

从此以后，他为了购买仪器省吃俭用——可以不吃饭，但不能不读书，不能不实验。靠着这样的精神，徐寿掌握了大量的先进科技知识，成了远近闻名的大学者。

鸦片战争打醒了闭关锁国、骄傲自大的大清王朝，一批有头脑的大臣们掀起了洋务运动，他们购买洋枪洋炮、兵船战舰，建工厂、开矿山，表面搞得轰轰烈烈，实际缺乏科学人才。读书人都忙着参加科举考试入官场，科技专业依旧是找不到工作的冷门专业，学这玩意，将来如何光宗耀祖？如何飞黄腾达？

在安庆开设军械所的曾国藩将目光投向了博学多才的徐寿，来吧，为我工作，一起打造大清自有的兵工厂。"

徐寿、华蘅芳、徐建寅等人接到邀请后欣然同意，终于轮到我们上场了！

他们接到的第一个任务就是制造蒸汽轮船。这玩意只在《博物新编》的书本里看到过，一没图纸，二没资料，三没零部件，怎么造呢？在科技领域做事不是在生意场，无法空手套白狼。

嘿，外国人能造，咱们为什么不能造？想要造出蒸汽船，必先造出蒸汽机。徐寿先跑到安庆长江边的一艘外国小轮船上蹲点观察，认真记录。然后几人分工合作，他与儿子徐建寅负责设计制造，华蘅芳负责测算。

不管前方的河水有多深，先摸着石头过河呗！

经过几个月的日夜奋战，他们终于捣鼓出了中国第一台蒸汽机。接下来，他们造出了一艘木质小轮船，给它装上了蒸汽"心脏"。

"嗒嗒嗒"！小船开动了，一伙人的心也动了。正当他们准备欢呼的时候，行驶了500多米的小船突然停止了。怎么回事？蒸汽为啥没汽了？

好在顶头上司曾国藩并未怪罪他们，别灰心，继续努力！

徐寿又带领团队仔细检查，终于找出了蒸汽锅炉无法持续供汽的原因。他们对蒸汽锅炉道及船身进行了改良，终于解决了蒸汽输送的问题。

接下来，才是真正表演的时刻。

安庆军械所搬到了南京，几个人开始在这里制造真正的蒸汽轮船。为了真正实现国产，除了主轴、锅炉、气缸配件上的钢材从国外进口外，其他的如活塞、气压计、螺栓等零部件，全都由徐寿和儿子亲自监督制造，不靠任何洋人。

经过两年多的努力,中国第一艘自主设计并制造的蒸汽轮船终于成功下水,开心的曾国藩赐名"黄鹄"号——"黄鹄"是传说中能一举千里的大鸟。

后来,李鸿章、曾国藩在上海开办主要从事军工生产的江南机器制造总局,徐寿成了"技术总监"。凭借上海丰富的资源,他率领团队设计建造了"海安""操江""测海"等舰船,尤其是"海安"号炮舰,长100米,宽近15米,排水量2800吨,炮26门,可载500人,已经初步具备了当时先进战船的样子。

在长期学习的过程中,徐寿深知中国西方科学书籍的缺乏,很多有用的书还没有中文译本,大家想读却读不懂,大大影响了科学知识的普及。巧妇也难为无米之炊。必须让中国人有更多的好书可以读,让他们看到世界上除了四书五经,还有更有趣、更劲爆的新知识。

徐寿建议曾国藩开办翻译机构,很快,江南机器制造总局内设立了翻译馆。徐寿找到了后半生奋斗的目标——翻译好著作,普及新知识。

不会外语,他就和会说中文的外国人合作,别人负责口译,他负责中文笔译。没有字典,也没有外语基础,他翻译时的难度可想而知。外国人无法深入地理解汉语,徐寿只能凭借广博的学识和虚心的态度,猜测其中的含义。

为了便于阅读,他针对那些难懂的化学术语和化学元素名称,发明了独创的音译命名法:把化学元素的英文读音中的第一个音节译成汉字,作为这个元素的中文名称。例如,对固体金属元素的命名,一律用"金"字旁,再配一个与该元素第一音节近似的汉字,创造了"锌""锰""镁"等元素的中文名称。

这样翻译既通俗易懂又符合原意！这套方法一直被使用到现在。

徐寿靠着常人难以想象的毅力，克服种种困难，与英国人伟烈亚力、傅兰雅合作，翻译了《化学鉴原》《化学鉴原续编》《化学鉴原补编》《化学考质》《化学求数》《物体遇热改易记》等科技著作，内容涉及造船、博物、化学、天文、测量、地理、医学等各个方面，总字数有三百多万字，为后人学习西方科技提供了方便。有了书，还得推动人们去学习。当时的学校教的是四书五经和八股文。可惜，清王朝早已腐败透顶，统治者沉迷享乐，根本看不到这些书籍的重要性，并没有在学校里推广使用。

怎么办呢？必须建立自己的学校和宣传阵地。徐寿在上海创办了格致书院，开设了矿物、电务、测绘、工程、汽机、制造等课程，定期举办科学讲座。上课的方式则是理论与实验相结合，让学生亲眼见证科技的神奇。接着，他又创办了中国第一本科学技术期刊——《格致汇编》，介绍西方最新的科学知识。

在翻译、讲课的同时，他也没放下发明创造，自制了镪水棉花药（硝化棉）和汞爆药（雷汞）……

李鸿章、丁宝桢、丁日昌等人都想用重金和官位来聘请徐寿担任"技术顾问"，创办企业。可是，徐寿摇摇头，做官我没兴趣，工资够用就行。因为还有很多西方著作不为中国人所知，他要穷尽自己的一生去为中国人打开认知世界的另一条路。可惜，不到七十岁，他就累倒在了上海格致书院。

徐寿的二儿子徐建寅从小就跟着父亲做科学实验，参与了蒸汽机和硫酸及火药的制造、西方科技著作翻译等工作。后来，他被张之洞看中，被安排到湖北汉阳钢药厂担任"火药技术总监"，造读书使我快乐。

做实验使我快乐。

翻译使我快乐。

出了中国自行生产的第一代无烟火药,打破了洋人对这项技术的封锁。可惜,有一次,他在亲自搅拌火药原料的时候,发生了爆炸事故,他与十几名工作人员当场身亡。

徐寿的三儿子徐华封很有个性,他从小跟在父亲身边,学习了大量的科技知识,翻译了《电气镀镍》《镀金》等书籍,成为有名的电镀化学专家。在格致书院教书的时候,朝廷要封他四品官职,他摆摆手,没兴趣。父亲去世以后,他利用自己的化学技能,开办了肥皂、炼铅等工厂,成了早期的企业家,日子过得自由又滋润。

第三章

三百六十行，学霸也很强

春秋战国时期，楚国郢都（今湖北省江陵县）有个人在捣石灰时，一滴白灰溅到了他的鼻尖上，周围的人准备用布帮他擦掉，他却说："别动，请我的好朋友石匠来帮忙！"只见旁边走出来一个石匠，他斜瞟了一眼小白点，挥起一把大板斧，如同风一样呼呼作响，朝着对方的鼻子用力削去。"我的妈呀！"周围有人捂住眼睛惊叫，无冤无仇，何必要砍掉他的鼻子啊！

大家睁开眼后一看，捣石灰的人的鼻子丝毫未损，白点却不见了。只见石匠气定神闲，在众人的掌声与尖叫声中淡定地收起了板斧。（这就是成语"运斤成风"的出处。《庄子·徐无鬼》："匠石运斤成风，听而斫之。"比喻手法熟练，技艺高超）

从古到今，我们中国不缺乏工匠与工匠精神，民间手艺人为了讨生活，从小就要跟从师傅刻苦学习，对某项技艺需要修炼十几年甚至几十年。他们在实践中不断总结技巧，相互取长补短，一辈子只干一件事，成为某个领域内真正的专家。学霸不一定只是会作诗词歌赋的人，找到自己的"独门绝技"，并坚持一辈子，最终掌握硬核技术，也是真正的学霸。古代各行各业中有很多这样的牛人。

伊挚·煮着火锅上战场

夏朝末年,在一片茂密的桑树林尽头,传来一声婴儿的啼哭。采桑女拨开桑叶,发现溪水旁的草地上有个白白胖胖的婴儿。是谁丢在这里的呢?这婴儿竟然没被野兽吃了去。小朋友眼睛里闪着光,好奇地看着美丽温柔的采桑女。唉,小宝贝,我带你回家。

采桑女把这个婴儿带回了家,献给了有莘国的国王。有莘王看着小孩挺可爱,眼睛里透着灵气,于是命令一个奴隶厨师来抚养他。大王的厨师虽然是奴隶,但是饭还是可以吃饱的,大王、贵族们吃剩下的饭菜就能养活那个小家伙了。

因为男孩在伊水边被发现,就为他取名叫伊挚。

时间一天天过去了,小伊同学渐渐长大了,也越来越聪明,对什么东西都充满了兴趣。并跟着养父学会了烧饭炒菜的技巧,成了一位技艺高超的厨师。

因为养父在国王家干活,他能接触到普通人无法接触到的文字。每当大人们讲外面和历史故事时,他都如饥似渴地听着。那个时候没有书籍,也没有竹简,只能凭石头片、乌龟壳上的字来学习,奴隶们、奴隶主们谈论的尧、舜、禹等先贤们的故事深深吸引了他。

这些先贤们是怎样赢得人民的爱戴的呢？有哪些特殊的本领呢？怎样才能成为那样的人呢？他一边听一边思索着。

每天一有空余时间，他就会对听来的三皇五帝的故事进行深入研究，总结治理天下的技巧与谋略，把高超的烹饪技巧与治国理政的方法结合起来。他满腹才华，天文地理无所不通，还能利用所学知识帮大家解决各种问题，用草药为人治病，被大家称作下凡的神仙（后世把他与黄帝、神农并称为"三圣人"）。

一传十，十传百，"大厨是大神"全国皆知。百姓们传颂着学霸的故事与本领，啧啧，那个小伊不得了，什么都懂！在那个文盲遍地的时代，有谋略与修为的人很容易成为百姓们顶礼膜拜的偶像。

在夏朝的方国（方国或方国部落是指夏商之际的诸侯部落与国家，相当于后来的诸侯国）中，商国的势力逐渐壮大，成为一个比较强大的方国，定都在商丘。到了成汤（商汤）接掌王位时，夏朝的统治者正是桀（夏桀）。夏桀重用奸臣，荒淫无度，从各地大肆搜寻美女，全部纳入后宫畅谈人生。又修建了大得可以在里面开船的酒池，经常不上朝处理政务，搂着美人睡大觉。大臣进谏，他从来不听，不耐烦的时候，就一个字——杀！从上到下的人对他就两个字——火大！

这一切都被商国国王成汤看在眼里，喜在心里，别人的堕落正是我奋起的机会啊！于是他营建新都城，招兵买马，积蓄粮草。不管什么时代，想要建功立业，人才是关键！

他时刻关注各个方国以及中央政府的人才，能拉拢的拉拢，能收买的收买，只要人才肯来，要钱给钱，要待遇给待遇，人才们纷纷投奔他而来。

他听说有莘国有个奴隶厨师特别有才能,上知天文,下知地理,他的眼睛立刻亮了,立即命人带上贵重的物品前去招聘。可奴隶不属于他自己,而属于奴隶主,有莘国国王不答应,我这个奴隶烧菜一流,怎么能随便给你。

嘿,竟然为了个奴隶拒绝我?证明这个奴隶不一般,那我更要得到他了。成汤左思右想,微微一笑,有了!我娶你女儿为妃,让你女儿把那个厨师作为陪嫁奴隶带过来。这一招还真管用,有莘国国王答应了,宝贝女儿都给你了,我还能吝啬一个奴隶吗?他对此人的认识不过是烧饭好吃、读过书而已,至于他有治理国家的才能他并不清楚。

据说,商汤娶妻回国后,第一个见的不是新妃,而是"大厨"。他命令一个姓彭的人给自己驾车,彭氏半路上问大王:"您要去哪儿啊?"

"我要去见伊挚!"成汤的语气里透着急不可耐。

惊掉下巴的彭氏觉得不可思议,大王不见漂亮的妃子,却要见奴隶,他脑袋被什么东西撞坏了吗?于是无所谓地说道:"一个奴隶有啥了不起?您想要见他,只要下个通知,他就会屁颠屁颠地跑过来了,还用得着您亲自去见?"

商汤不高兴了:"你懂什么!如果现在这里有一种药,吃了它,耳朵会更加灵敏,眼睛会更加明亮,即便药再苦,我也一定要吃下去。伊挚就是我的那副良药。我看你不想让我治病啊!下车,立刻在我眼前消失!"

成汤赶走了彭氏,让别人驾车前往伊挚的住处。

奴隶厨师见到国王,并未点头哈腰,而是淡定从容,对国王的问题有问必答。他用烹饪的技巧来说明治国的道理：想要做好一道菜，材料、火候、调味必不可少，材料如何选择，火候如何把握，五味如何调和，都要恰到好处。治理国家就如同做菜（"治大国如烹小鲜"），既不能操之过急，也不能松弛懈怠，还要把握时机，恰到好处。接着，他又讲了具体的为政方法。因为平时积累得多，思考得深，他讲出来的道理浅显又奥妙。

商汤听得如痴如醉，频频点赞，哎呀，如果能早一点见到您就好了。有此人才，大事何愁不成？当即免除了伊挚的奴隶身份，封他做了大官。

伊挚一上任，马上为商汤制定了"三步走"战略。

第一步，宣传战。一方面极力宣传夏王暴政，到处传播夏桀的残忍和无知，点燃各地人民对夏王的怒火；另一方面他建议商汤广施仁政，宽以待民，对内争取百姓的拥护，对外争取其他方国的支持。一时间，慕名而来的百姓与人才如潮水般涌来。

第二步，间谍战。伊挚亲自到夏王朝担任官职，扮演金牌"007"，打入敌人内部开展潜伏工作，暗中拉拢那些对夏桀失望的大臣和失宠的妃子——妹喜，成功策反了一大批人。

第三步，时机战。探探对方的口风和实力，他建议商汤故意停止向夏桀进贡，看看夏桀的态度。结果夏桀大怒，怎么的，皮痒了吗？他迅速调动了大批人来讨伐商汤。看来时机不成熟！商汤给夏桀赔笑脸，大王，对不起啦，开个玩笑，调节调节气氛嘛！咱以后绝对忠心耿耿地跟着您，进贡的财物只会多，不会少！

夏桀也没多想，小样，跟我斗！也不看看咱是谁！

此时不成，我能再等！天要他灭亡，必先让他疯狂。自大的夏桀越来越残暴，脾气不好要杀人，心血来潮要杀人，性情不爽要杀人,甚至兴高采烈时也要杀人,他成功把自己逼到了与大臣、百姓们的对立面。

商汤又故意拒绝进贡刺激夏桀,夏桀火了,小弟们,给我上!哎,小弟们竟然全都跑走了,哎,哎——夏桀喊破了嗓子,也没甩开膀子,成了真正的孤家寡人。

这次时机来了,就要抓住。伊挚与商汤对夏王朝发起总攻,一举灭夏,统一了中原,建立了商朝。

伊挚的"三步走"战略,充分运用了烹饪理论。治国好比炖一锅羊汤,先让大家帮忙砍柴点火(宣传拉拢战),众人拾柴火焰高,再让大家唾沫聚成河;等火烧得差不多了,加入秘制调料(间谍战),让羊肉煮得更烂更香;等肉煮得差不多了,舀一瓢尝尝看(第一次时机战),不行,有点淡,还得加点盐;煮了一会儿,再舀一瓢(第二次时机战)。不错,味道好极了,可以连锅端,上菜(发起总攻)!

烧饭烧得好,打仗不得了!伊挚被中国烹饪界称为"烹饪始祖""厨圣"。

商汤建立商朝之后,封伊挚为尹(相当于宰相)。那个被人从桑树林里捡来的孩子从万人之下的奴隶变成了万人之上的伊尹,辅助商朝几代君王开疆扩土。

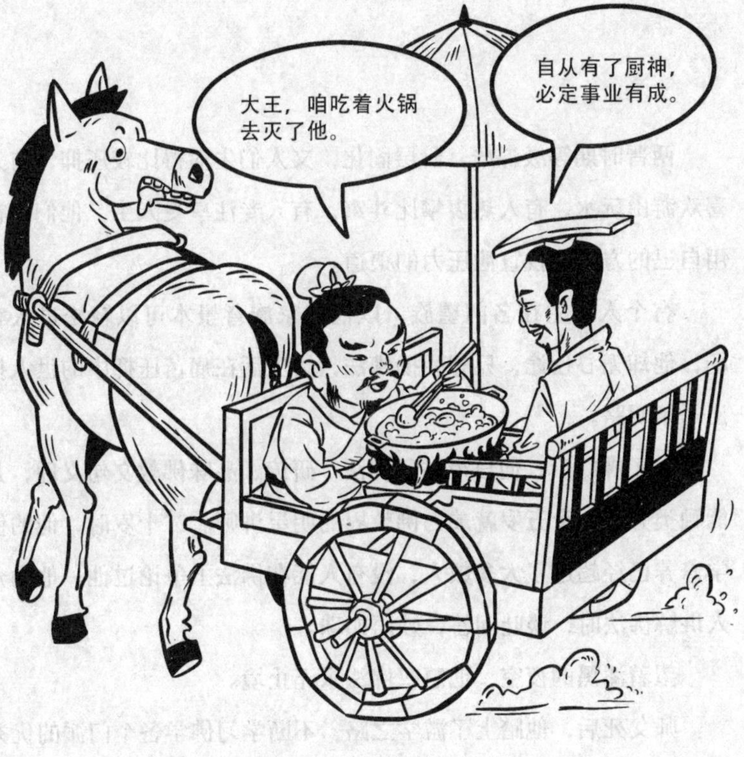
大王，咱吃着火锅去灭了他。
自从有了厨神，必定事业有成。

竺道生·做和尚，也要做得高大上

两晋时期等级森严，阶层固化，文人们生活得比较压抑，有人喜欢游山玩水，有人热衷攀比斗富，有人专注享受人生，他们都在用自己的方式寻找宣泄压力的渠道。

有个人出生在名门望族，以他的家族背景本可以轻松进入官场，他却无心仕途，只想弘扬佛法，给生活在痛苦压抑中的世人指出一条明路。

入了佛门后，他日夜钻研佛法，研读、品味佛教文句义理，并能触类旁通，十五岁就成为佛教界的明星讲师。二十岁时，他的佛学修养已经超过了大多数人，没有人能在佛法上争论过他。他为众人讲解佛法时，谈吐问答，妙语如珠。

望着漆黑的夜空，他感叹佛法永无止境。

师父死后，他踏上了游学之路，不断学习佛学各个门派的优秀成果。为了安静学习、钻研各派经书，他隐居庐山，广泛阅读，思考佛法奥妙。渴了他就喝点溪水，饿了就摘点蔬果，过着苦行僧般的生活，终日在山林中沉思。经过七年的闭关苦练，他成为一代佛学大师。

后来他觉得坐在树林里是无法普度众生的，自己的思想不能被世人接受、运用，岂不成了空谈？于是他离开庐山，与志同道合的人经过千里跋涉，来到了长安，拜访长安佛学大师鸠摩罗什。因为博学多才，他受到大师的肯定与众人的钦佩。

从庐山隐士成为众所瞩目的一线明星，赞美与敬佩之声响起，随之而来的就是别人的嫉妒与排挤。你有多红，排挤你的力度就有多大。

他到江南建康（今江苏省南京市）宣扬佛法，坚持自己悟出的观点："众生皆有佛性。"佛性不仅佛有，一切众生都有，普通人也有成佛的机会。这引起了众多僧侣的不满，本来他们坚持佛性只有少数聪明人才有，普通人哪有资格成佛？现在突然有个毛头小子跳出来说，大家都有佛性，不是砸他们的饭碗吗？而且现有的佛学典籍中没有说过众生皆有佛性的，这小子分明是想哗众取宠。把他赶出建康城！逐出佛学界！

那时的佛学界也不完全是清净之地，也有利益集团，也会嫉贤妒能。你一旦触碰到别人的饭碗与利益，定会遭到他们的疯狂扑咬，给你讲的佛法打上旁门左道的标签，怒气冲天地叫嚣着让你滚蛋。

大师被"旧学僧党"们逐出建康寺庙，并没有灰心，"我不想留在一个地方，也不愿有人跟随，我要从南走到北，我还要从白走到黑"。罢了，罢了，我要去做个苦行僧！

他去了苏州虎丘山隐居，既然没有观众和听众，就让山中的石头当"粉丝"。他经常对着石头讲解《涅槃经》，讲到精彩之处，还问："石头同学，你通佛性吗？"

石头们在风中滚来滚去，相互碰撞发出声音，仿佛在点头说话："大师，你讲得真好！"（这就是成语"顽石点头"的来历，形容对人耐心教育，道理讲得透彻，使人不得不信服。出自《莲社高贤传》："聚石为徒，讲《涅槃经》，群石皆点头。"）

先知先觉的人往往备受嘲讽，但时间总会证明真理是掌握在少数人手中的。后来，佛学正宗《大本涅槃经》流传到江南，经中也说"众生皆有佛性"。消息传开，大家觉得大师就是大师，若干年前就悟出了如此深奥的佛法，于是投奔过来听他讲课的人越来越多。曾经排斥、攻击过他的僧侣们非常惭愧，原来当年那个被他们羞辱的人早就悟出了佛学正宗。

这位大师就是竺道生，他原本姓魏，出生在晋朝名望大族。因为热爱佛学，师从东晋有名的佛学大师竺法汰，随之改用竺姓，法名"道生"。

后来，道生法师又回到曾经修炼过的庐山，在那里讲解《涅槃经》，弘扬佛性学说。有一天，他讲完佛法，手中的拂尘散落在地，教徒们抬头望去，只见道生法师面容安详，没了气息，悄然而逝，已然成佛。

李春·给我一个支点，我能飞架河水南北

河北省赵县的洨（xiáo）河边，一个中年男人正盯着急速流淌的河水出神。他的脑袋里这时冒出了无数个问题：如何才能造一座百年不倒的桥呢？在哪里选址比较合适？采用什么样的材料？如何设计才能更好地应对洪水的冲击？什么样的形状比较好看？如何让人们在桥上行走时舒舒服服……

他一边思考，一边调查，一边记笔记，一边做计算。每天都是同样的内容，每晚都是不同的问题。刚想到一个方案，他又自己推翻；刚定好一种材料，他又主动放弃。无论如何，他都要设计出最佳的方案——用最少的钱，造最好的桥！

他不断画图，不断修改，根据其他桥梁的形状设计了一种半圆形的桥，但是，他又觉得这样的形状只适合宽度较窄的河，不适合跨度三十多米的洨河。因为拱顶过高的话，桥面就会比较陡，车马行人过桥肯定不方便，而且这种高度的桥施工时会很危险。

不行，不行！继续画。

如果采用很多桥墩来支撑呢？也不行，不好看！

他日思夜想，不断抓狂。

最后，男人终于画出了一个拱形大桥——这座桥低桥面，大跨度，中间没有任何桥墩支撑，这样既能节省材料，又方便行人在上面行走。他将桥的长度定在五十多米，宽度定在九米多，横跨在洨河之上。桥面两侧有石栏，栏板上设计了精美又形态各异的龙形图案。

其他人看到这样的设计，纷纷摇头，这样做是不是太冒险了？这样真的可行吗？你这桥造型倒是挺前卫，但是中看不中用啊，没有桥墩，桥不会塌吗？发大水的时候，洪水冲击桥墩两侧怎么办？简直是异想天开，我劝你还是按照其他桥梁的样子来设计吧！免得以后成为大家口中的笑话。桥万一塌了，成了豆腐渣工程，你还得人头落地啊。

男人不服气，干吗要跟别人一样？那多没个性。

为了减少洪水对桥的冲击，他又在桥的左右两边各设计了两个小桥洞。万一洪水冲过来，四个小桥洞就可以让部分水流通过，快速分解洪水对桥身的冲击力。好比洪水的前面原本有个大水怪张开了大嘴巴子，不断地吞洪水，但是洪水越来越大，一张嘴不够用，而且还不断地冲击着水怪身体的其他部位，它开始顶不住了。这时，又来了四个小水怪，全都张开了嘴巴吞水，马上就能缓解大水怪的压力。而且这样的设计还能大大减轻整座桥的重量，节省石料。

接着，他又采用搭积木的方式反复搭建桥梁模型，找出了最适合这种大跨度拱形桥的搭建方式——纵向砌置法。大石头与大石头相互挤靠，相互贴合，中间用契子（腰铁）连接。若是将来哪块石头坏掉了，把它抽出来，嵌入新石头就行了，方便、快捷又省力。

模型和图纸都弄好了，开工！

第一步：选址。洨河那么长，到底选在哪里建桥呢？男人经过

我们不从你的嘴里过，我们要撞击桥身。

哈哈，咱还有四张嘴，没想到吧。

赵州桥

反复勘查、开挖、比较，选择了洨河两岸较为平直的一个地方，这里的地层由河水冲积而成，地层表面是久经水流冲刷的粗砂层，下面是细石、粗石、细砂和黏土层，这里能最大限度地承受桥的压力。

第二步：选材。男人发现附近州县出产质地坚硬的青灰色砂石，用它们来做桥的材料，还能省去长途运输的费用。

第三步：造桥。很快，一座巨大的无墩石拱桥犹如一条卧龙，横跨在洨河两岸。

此桥历经千百年而不倒，成为中国桥梁史上的一个奇迹，它就是闻名后世的赵州桥，也叫安济桥。造桥的男人名叫李春，虽然他在史书上只留下一行字，"赵州洨河石桥，隋匠李春之迹也，制造奇特，人不知其所为"，关于他的事迹却在人们的心中留下了无数文字。

雷威·当古琴注入了灵魂

寒冬腊月,大雪纷飞,温暖的炉火旁,一位中年大叔披着衣服,脸色黝黑,布满老茧的手里端着一杯烧酒,静静地看着屋外的雪花。你以为他在欣赏雪景吗?不,他在目测地上雪的厚度。

时间刚刚好!

他咕咚一口喝下最后一杯小酒,穿上蓑衣,戴上斗笠,手握斧头,孤身一人向被大雪封闭的深山走去。他站在茂密的树林里,闭上眼睛,静静倾听风吹树干、树枝的声音。

是不是有点柳宗元《江雪》里"千山鸟飞绝,万径人踪灭。孤舟蓑笠翁,独钓寒江雪"的味道?不过他不是来钓鱼的,也不是来作诗的,他是来听声音的!

这棵树不错,过去听听看!不行,还差那么点意思。

那棵树还行,过去听听看!他摇了摇头,差点火候。

咦?这个好听的声音是不是从那棵长相奇怪的树上发出的?他赶紧深一脚浅一脚地踩着深雪跑过去,耳朵贴在树上,果然那声音绵延悠扬。听着听着,他的脸上绽放出灿烂的笑容,就是它了。他立刻挥起斧头,砍断树木,带回家开始精打细磨,一张悠扬的古琴横空出世。

当匠人带上了诗意，他制作的琴怎能不精妙？弹出的声音怎能不优美？

历史悠久的古琴是乐器里"传统的老牌贵族"，文人雅士、王公大臣们都喜欢弹奏两下，有"士无故不撤琴瑟"和"左琴右书（左手弹着琴，右手拿着书）"之说。琴不仅是附庸风雅、享受生活的必备品，有时候还是文人追美女的必杀技。西汉司马相如就用一曲《凤求凰》赢得了富家女卓文君的芳心，从"矮穷矬"变成了"凤凰男"。

在隋朝，隋文帝的儿子杨秀被封为蜀王。杨秀钟爱古琴，这让当时的生意人看到了巨大的商机。地方最高长官的喜好，就是咱们将来发展的风向标啊！蜀地很快聚集了一大批制琴名师，成了全国先进的制琴"产业集中示范区"。

到了唐朝，社会的发展与经济的发达让大批人的钱袋子渐渐鼓了起来，土豪们都想着提高自己的层次，纷纷往自己脸上"贴金"，最好的方式就是扮演文化大师。唐朝诗歌兴盛，才子遍地，土豪们不缺乏好歌词、好乐曲与大美人，就缺一把好乐器。土豪们的爱好就是平民百姓的铁饭碗，于是制琴业得到了飞速发展。

蜀地成了制作古琴的最佳基地，在这个制琴业竞争极为激烈的地方，以雷氏家族的产品最为有名，他们制的琴被尊称为"雷琴""雷公琴""雷氏琴"。在名匠辈出、世代制琴的雷氏家族里，有一个顶级高手——雷威——就是在深山里听风声的那个人。

他是怎样成为高手中的高手呢？

他平时一边阅读各种古籍，了解制琴的历史，一边研究各种材料，结合实践细心观察，既不盲目自大，也不墨守成规。别人都用桐木来做琴,他深入研究后,发现用松杉木做琴也不错,平常的松杉木往往能做出惊人的效果。

他制作的"九霄环佩琴""大圣遗音琴""春雷琴""彩凤鸣岐琴""天风海涛琴"等古琴都成了绝世佳品。这些琴名听起来就很有诗意,弹起来则更有韵味。苏轼曾在《杂书琴事》中指出,雷公琴的特点是"其岳不容指,其声出于两池间。其背微隆,若薤叶然。声欲出而溢,徘徊不去,乃有余韵,其精妙如此"。

不弹则已,一弹悦耳得要命!琴声精妙无比,徘徊在屋中久久无法散去,让人回味无穷。

好古琴,雷氏造,古琴配唐诗,奏响了盛唐飞歌。

谢小娥·人狠话不多，踏上复仇路

唐朝有个传奇的女人叫谢小娥，为了替被害的家人报仇，她走上了一条异常艰苦的复仇之路。

她的父亲是从事贩运的商人，很会做生意，积蓄了巨额财富，母亲在她八岁时就死了。谢小娥长大后嫁给了历阳（今安徽省马鞍山市）地区的侠士段居贞。她的父亲后来开始和段居贞合伙做生意。段居贞有些拳脚功夫，为人很重义气，喜欢结交豪侠英杰。谢小娥跟着这样的丈夫，耳濡目染，也学到了一些功夫。

虽然父亲跟丈夫都很低调，但是他们的钱不低调。强盗盯上了她父亲和丈夫的贩运船，乘其不备向他们发起了偷袭，抢走了船上所有的金银绸缎。为了不留痕迹，强盗们将船上几十个人杀掉之后，扔入了江中。

当时十四岁的谢小娥也在船上，她被刺伤了胸部，折断了脚，扔到水中。幸运的是，后来她漂在水面上没有沉下去，被路过的船家救起，几天后苏醒过来。她想到失去家庭、父亲和丈夫，痛彻心扉，伤心欲绝，想跟着父亲和老公去阴曹地府。不过转念一想，这样太便宜仇家了。不行，在死之前，我要报仇，到底是谁让我家破人亡？我要找到他，杀了他。

无依无靠的她开始辗转各地，边流浪边乞讨，来到了上元县，住在沙果寺尼姑庵里。每天，她满脑子想的都是如何找出凶手并手撕凶手。可是仇人是谁呢？上哪儿找仇人呢？

日有所思，夜有所梦。一天晚上，谢小娥梦见父亲对她说："杀死我的人，是车中猴，门东草。"几天后，她的丈夫也来到她的梦中，对她说："杀死我的人是禾中走，一日夫。"

她觉得接连梦到父亲和丈夫，肯定有原因，想来想去，却不明白梦的意思。难道父亲和丈夫在托梦？于是，她就写下这几句话，到处寻找博学多才的人给她解释。一年过去了，竟然没有一个人能解出其中的真意。

有一天，一个叫李公佐的读书人辞去公务，到处游玩，来到了一座寺庙。寺庙里有个叫齐物的和尚和李公佐关系不错，他们闲聊之时，齐物对李公佐说："有个寡妇叫谢小娥，曾经来到我们寺院，给我看了一个十二个字的谜语，我一直没有猜出来，你学识渊博，要不帮忙猜一猜？"

猜字是我的强项啊，请出题！

李公佐请齐物和尚把字写在纸上，他想了一会儿就有所悟，于是吩咐寺里的小和尚赶快叫来谢小娥，向她询问事情的经过。谢小娥哭着把事情详细地说了一遍。

李公佐听后捋了捋思路，说道："如果是这样，就很清楚了。杀你父亲的人是申兰，杀你丈夫的是申春。'车（車，繁体字）中猴'是说'車'字去掉上下各一划就是申字，又因申属猴（十二地支配生肖：子鼠，丑牛，寅虎，卯兔，辰龙，巳蛇，午马，未羊，申猴，酉鸡，戌狗，亥猪），所以叫作'車中猴'。而草字下有门字,门字中有东字,这是兰(蘭,繁体字)字。又因为'禾中走'是穿田而过,这也是个申字。'一日夫'是指夫字上面加一笔,下面又有个日字,这是春字。这就很清楚了:杀你父亲的是申兰,杀你丈夫的是申春。"

谢小娥听完放声大哭,终于知道仇人的名字了,找得我好苦!几年来的悲愤、无助、困惑从她心中奔涌而出,她立刻向李公佐叩头谢恩,写下申兰、申春四个字放入怀中。

有了名字就有了找仇家的方向,谢小娥女扮男装,一边做临时工一边打听仇人的下落。一年后,她来到了浔阳郡(今江西省九江市)。一天,她走到一户人家门前,看到墙上贴着一张招聘公告:招雇工。谢小娥便去应聘,一问主人家的名字,叫申兰。

啊!终于找到你!真是踏破铁鞋无觅处。谢小娥眼中冒火,双手颤抖,恨不得马上进去剁了申兰。但是,她仔细一想,不行啊,万一自己打不过对方怎么办?也许他和申兰只是同名的人呢?那真正的凶手怎么办?要杀就要杀光。不可打草惊蛇,克制,必须克制。

多年来的漂泊让谢小娥变得异常冷静,她要等待,等待她查清事情的来龙去脉。她压制住怒火,想办法接近申家人。经过和申家人一段时间的相处,申兰对勤快聪明的谢小娥非常信任,平时家里进进出出的金银绸缎,都安排她登记办理,他一直都没有看出来谢小娥是个女人。

一次,谢小娥在整理申家仓库的时候,偶然看到了父亲和丈夫的金银财宝、锦帛绸缎、衣物、器具……她双手颤抖着拿起那些旧物,放在脸颊上来回摩挲,嗅着上面的味道,泪水止不住地流,那种撕心裂肺又不能发出声音的哭泣是多么痛苦。但是时机还不成熟,得忍,忍到可以将仇人一击毙命的时刻。

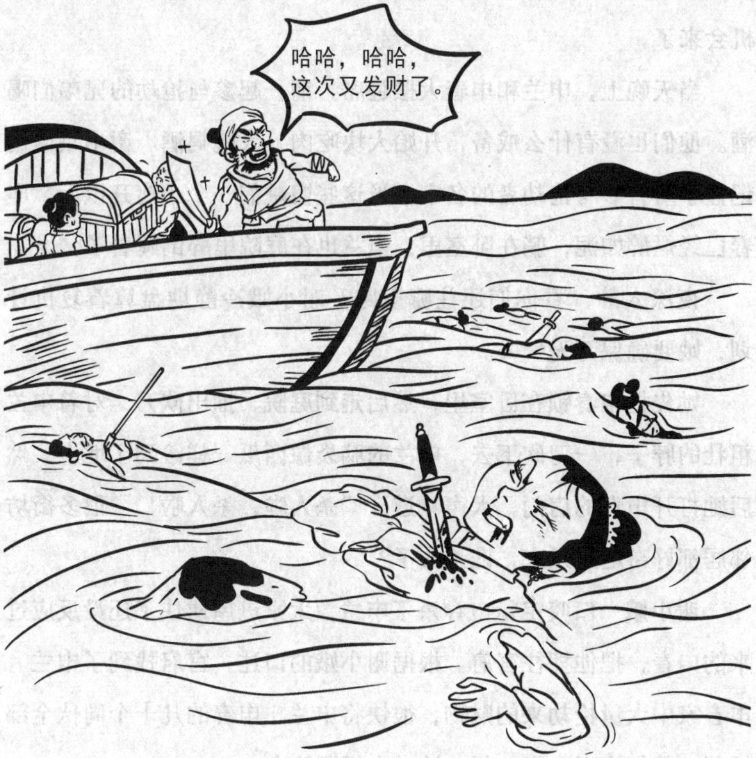
哈哈，哈哈，
这次又发财了。

谢小娥经过暗中调查，得知申兰和申春是堂兄弟，两人经常合伙干杀人抢劫的勾当。他们往往一出去就是几个月，先找到地方蹲点，摸清别人的行踪，再乘人不备发起攻击，每次都能抢回来大量的财宝绸缎，顺便也会赏谢小娥一些。他们抢劫的时候，常常留下谢小娥和申兰的妻子兰氏看守家门。

有一天，两人又干成一票"大买卖"。申春高兴地拿着鲤鱼和酒来到申兰家，要跟兄弟开怀畅饮。谢小娥暗暗庆幸，报仇雪恨的机会来了。

当天晚上，申兰和申春大摆筵席，请一起参与抢劫的兄弟们喝酒。他们也没有什么戒备，开始大块吃肉，大碗喝酒。谢小娥偷偷记住了所有参与抢劫者的名字，当这些盗贼们一个个离开以后，申春已经烂醉如泥，躺在卧室里，申兰也在庭院里醉倒睡着了。

夜深人静，看你们还往哪里跑？谢小娥冷静地盘算着复仇计划，她要确保万无一失。

她先把申春锁在卧室里，然后走到庭院，抽出砍刀，对着申兰粗壮的脖子，一刀砍下去，申兰的脑袋像西瓜一样滚到了地上。然后她打开申春的房门，大声喊道："杀人啦，杀人啦！"很多街坊邻居都好奇地跑过来，谁杀人了？

谢小娥一口咬定是申春杀了申兰，大家进屋逮住了还没反应过来的申春，把他押往官府。根据谢小娥的口述，官府找到了申兰、申春家中大量抢劫来的财物，很快将申兰、申春的几十个同伙全部抓获，他们连同申春一起，被送上了断头台。

谢小娥明白一个女人功夫再好，也杀不了那么多强盗，只有借官府这把法律的刀，才能将那些家伙一网打尽。

浔阳太守张公听说了这个复仇的故事，非常欣赏谢小娥的志气和智谋，把这事的经过写在了旌表上——古代统治者为了收拢人心，提倡封建德行，对讲义气的人、贤能的人、守节的妇女、隐居的能人等大加推崇，往往由地方官申报朝廷，获准后皇帝赐以匾额，或者由官府为他们造石坊，以彰显其名声气节，这种匾额或石坊就叫旌表，也就是给你颁发一个荣誉证书，这个证书上盖了国家或者地方政府的章。官府要把你列为道德楷模，在全国推广学习。有了这个荣誉证书之后，谢小娥也被免去了杀人的死罪。

大仇得报，谢小娥悬着的心终于落地。回到家乡后，当地豪门大户的公子们争相向她求婚。但是，她的心早已随着父亲、丈夫一起死去了，决定终身不再嫁。不久，她剪掉长发，穿上粗布衣服，到牛头山求道，拜尼姑为师。她也许想把对父亲与丈夫的思念化作苦行僧般的生活。谢小娥长年累月地冒着风霜舂米，顶着雨雪打柴，辛苦劳动，毫不倦怠。后来，她在泗州（今安徽省宿州市）开元寺正式出家，成了尼姑。

梵正·有山有水，有花有草，这不是别墅，而是饭桌

古人讲究吃，味觉刺激是第一位的，视觉冲击也少不了。

"李子柒"算是这几年中国最火的美食视频博主，她将美食、美景、美人有机地融合在一起，收获了大批粉丝。在五代十国时期，也有一位心灵手巧的女人有如此本领。

一次偶然的机会，她看到唐朝著名诗人王维留下来的《辋川图》，瞬间被震撼了，为什么王大才子能画出这么美的画？

云雾缥缈的山脚下，绿树包围着王维古朴的别墅，门前潺潺的河水中，有一只小舟荡漾着。王维和他的朋友们在流觞曲水中饮酒歌唱，品尝美食。太有意境了！

她不禁想，如果能将画中美景运用到食物拼盘上，岂不很有趣？这样就能让大家在吃饭的时候欣赏一幅山水画，岂不很有创意？

说干就干！女厨师仔细研究《辋川图》中的风景，细分出20个不同类别的小风景，然后认真研究每处风景的造型与特点，最后

尝试在肉脯、肉酱、瓜果、蔬菜等各种原料上雕刻20种不同的风景，这个瓜，雕成山峰；那个菜，刻成小河……

女厨师在做饭的过程中不断地尝试，不断地变化雕刻技法。

手切破了，她包一包；眼睛花了，她揉一揉；腰背酸了，她捶一捶。什么困难都阻挡不了她雕刻出《辋川图》的决心。

不知道练了多少个日夜，最终，她将20种不同颜色、不同造型的食物，摆在一个古朴的大盘子中，配以各种酱汁、果汁，一幅好吃的"辋川图"横空出世。

大家一开始看到还不相信这道菜会美味，结果，一品尝，才发现天外有天，山外有山，咱们这里有高人。于是纷纷对她竖起大拇指，点赞道："菜上有山水，盘中溢诗歌。"吃饭吃出了绘画与诗歌，厨师也这么内卷了吗？唉，这个女人的手该有多灵巧！

女大厨的名字叫梵正，是五代十国时期的一个女尼姑，也是古代十大名厨之一。

"辋川小样"是她的成名代表作。

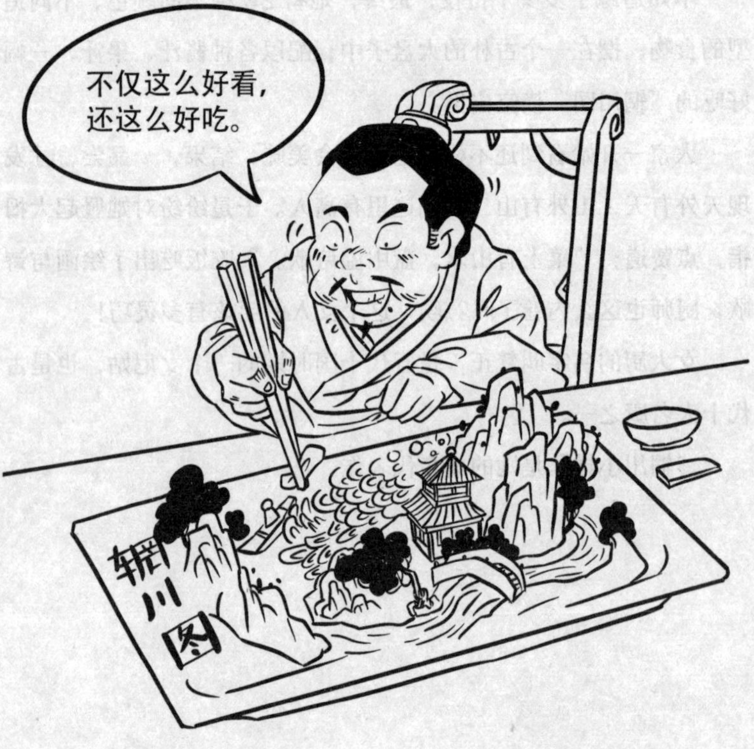
不仅这么好看，
还这么好吃。
辋川图

黄道婆·江南地区的致富带头人

我该怎么办？浑身是伤的小姑娘又被丈夫和婆婆毒打了一顿，关在了小黑屋。为什么？为什么？我已经没日没夜地干活了，吃不好，穿不暖，也从来没有怨言。为什么他们还是不满意？我到底该怎么做？妈妈，爸爸，你们为什么死得那么早，丢下孤零零的我？

小姑娘出生于南宋末年的松江府乌泥泾（今上海市华泾镇），从小就失去了父母，被人卖掉，当了童养媳（先由婆家养着，等到了婚配年纪，再与家里的男人成亲）。可是，童养媳在婆家的地位远远比不上女儿，每天，天不亮她就要起床洗衣做饭。白天到田间干活，晚上在灯下缝衣。别人吃饭，她候着；别人睡觉，她站着；别人怒骂，她听着。没有自由，没有休息，没有方向，没有未来。一年到头，她干得比牛多，吃得比牛差，还得默默忍受别人动不动甩过来的巴掌。

望着窗外漆黑的天空，小姑娘陷入了无限的悲哀之中。一股热流从她内心深处奔涌而出，不，我不能在这里等死！我要逃出去，逃走！可是逃到哪里呢？管他呢，就算饿死在外面，也比待在这里强。

说干就干，她用木棍在土墙上掏出一个洞，悄悄地爬了出去。跑，飞快地跑！很快，她便来到了黄浦江边。江水翻滚，飞湍如箭，怎么走呢？正在此时，一艘客船经过。不管了，偷偷躲上去再说，走得越远越好，让他们永远找不到我。

经过一路颠簸，她来到了天涯海角——崖州（今海南省三亚市）。在这里，她感受到了黎族人的热情与友善，嫁给了当地一个姓宋的男人，她随夫姓，叫宋五嫂。后来老公病死了，她便在当地广度寺出家当了女道士。

别人都称呼她为黄道婆。

为了养活自己，她想学习一门能够养活自己的技术，学什么呢？

当地的黎族姑娘都是种植棉花、纺织棉布的高手，她想到内地的棉纺织技术还相当落后，最常用的布料还是麻布和丝绸。黄道婆看着少数民族姑娘们使用着各种奇妙的工具，织出了色彩绚丽的棉布，便暗下决心，我一定要学会这门技术，从此不再靠男人吃饭。

黎族姐妹们知道了黄道婆的悲惨遭遇，纷纷向她施以援手，来吧，咱们一起研究织布技术。从此，黄道婆跟着黎族姐妹们一起种棉、摘棉、轧棉、纺纱、染色、织布。白天，她们一起改进技术；晚上，她独自研究工具。每天脑袋里想的都是如何更快速地给棉花去籽，如何织出更精美生动的图案，如何改造出更加高效的织布机……

每一个环节，每一道工序，她都认真地记在心里，搅车、弹弓、纺车……

每一个夜晚，每一个白天，她都认真钻研纺织技术，错纱、配色、综线、织花……

很快，黄道婆就能独立织出漂亮的棉布。当地人看到她织的布后，对她纷纷点赞：你的技术已经青出于蓝而胜于蓝了。

一晃三十多年过去了，黄道婆也变成了老太婆。虽然崖州的黎族百姓对她很友好，但她年纪越大，越想念家乡。乌泥泾土地贫瘠，不是种植粮食的最佳之地，当地人常常吃不饱，穿不暖，很多家庭依然生活在贫困线以下，卖女儿的事时有发生。那些可怜的女孩如果像我当年一样，受到虐待怎么办？如果大家都能掌握高超的纺织技术，是不是就能过上幸福美满的生活？是不是就不会再出现卖儿卖女的事情了呢？

对，在死之前，我要回去，为乡亲们做点事情，为那些可怜的女孩子做点事情。

黄道婆不顾年迈的身体和当地人的挽留，毅然决然地坐船回到了阔别已久的家乡。到达自己的家乡后，她教当地的女人学习先进的纺织技术。可是，乌泥泾的姑娘不比黎族姑娘，她们在棉布纺织方面都是新手，一开始都显得笨手笨脚，力不从心。

能不能根据当地人的实际情况，改进一下工具和技术呢？

晚年的黄道婆拿出了改革家的气魄，谁说学习是年轻人和读书人的专利？无论什么年纪、什么职业的人，只要下定决心，就有可能成为"领域内的达人"。

首先，她对纺织机器进行了改革。黄道婆通过反复研究当地的麻布机和丝绸机等工具，对棉纺织机器进行了一系列的改革与简化。她将手摇式纺车改造成脚踏式纺车，这样大大增加了染布的效率。为了提高棉花脱籽的效率，黄道婆根据黎族人用的两根细长铁棍转动去籽的工具，制作出了铁木双轴轧棉车。从此，姑娘们再也不需用手剥离棉籽了，只需轻松一摇，棉籽就能从棉花中脱离。

之前，松江地区弹棉花的工具是线弦小竹弓，人们用竹子做弓，用细线做弦。工人先把棉花放在案板上，再用手拨动小竹弓，将棉花抖成棉花絮。这种工具既费时又费力，硬生生地把柔弱的姑娘练成了凶猛的壮汉。看着姑娘们布满老茧的双手，黄道婆摇摇头，这样下去不行啊！

可不可以借助工具来弹棉花呢？

她经过仔细研究，将当地的小竹弓改造成绳弦大弓，将手拨弦改为用槌子敲绳弦。这样，姑娘们不用费很大力气，借助槌子的敲击力，就能轻松地把棉花弹成既蓬松又干净的棉花絮。

其次，开展技术革新。黄道婆把汉族人千百年来的丝织技术用在了棉布纺织上，又创造出了新的配色方法。她亲自教大家交错纱线、调配颜色、提花编织的各种方法，成功织出了树枝、凤凰、棋盘、文字等各种图案和花纹的被套、褥单、手巾。

从此，松江一带成为全国的棉织业中心，历经几百年不衰。"乌泥泾被"从松江走向了全国乃至世界，成了棉纺织界的顶级奢侈品牌。后来，黄道婆的棉纺技术又从松江传播到苏南、浙江等地，整个江南成了著名的棉花种植基地和棉布纺织中心。当地人也因此脱贫致富奔小康，黄道婆成了松江地区的致富带头人。

陆子冈 / 王叔远 · "神雕"大侠

"哇,这个玉器太漂亮了!"

"你看这匹骏马,简直就像在飞奔,动感十足。"

"你们过来看,这玉水仙花,跟活的一样。我刚进来的时候还准备去闻闻花香呢,哈哈!"

"快看,快看这里,水仙花下面的花枝像动物的毛一样细而不断,生动地表现出了花之娇态,这真的是手工雕刻出来的吗?神人哪!"一个眼神比较好的中年人盯着这朵摇曳生姿、楚楚动人的玉水仙称赞道,"价格多少?老板你说多少我都买!"

"嗯……"作坊里的伙计看着大家争相想买这件玉器,额头上都冒出汗了,咱家的生意咋就这么好!每天都累得半死。

每次师傅一出手,销量噌噌往上走。

这是明朝苏州郊区的一个作坊里经常出现的场景,大家围着大师亲自打磨的玉器舍不得走开。

明代晚期,资本主义萌芽,经济飞速发展,江南地区富豪的数量猛增,腰包渐鼓的人对奢侈品——玉的需求越来越大。苏州、扬州等地成了世界有名的玉器生产中心,到处都是生产玉制品的手工作坊。在高手如云的作坊里，有一位大师的作品一上市，就会被大家争相抢购。

大师的名字叫陆子冈。

他出生于江苏太仓，从小在苏州郊区的玉工坊里学艺，对玉器的雕刻技术非常着迷，他一有空就研究、琢磨。渐渐地，智商在线、勤奋有加的他掌握了多种玉雕的技术手法，并在长期的摸索中，改进了传统的雕刻刀法，独创了一种新的雕刻技法——平面减地法，就是在玉的平面上雕出立体的图案，类似现在的"3D"技术。

他的玉雕作品就像活的一样，形成了"空、飘、细"的特点：空，疏密有致，使人不觉烦琐而有空灵之气；飘，线条流畅，使人不觉呆滞而有飘逸之感；细，设计精巧，使人不觉粗犷而有巧夺天工之叹。

陆子冈成了当时名闻朝野的玉器雕刻大师，《苏州府志》称赞他："陆子冈，碾玉妙手，造水仙簪，玲珑奇巧，花如毫发。"

他的技艺到底有多高超呢？

在雕刻小玉壶的时候，他能巧妙地把名字刻进玉壶的嘴里，不少玉器上还刻有诗文。他把草书、行书也刻得相当漂亮，当时人称其"上下百年无敌手"。

皇帝听说了陆大师的魔性手法，兴奋不已，此等人才，放在民间太可惜了，来吧，为朕服务！他特命陆子冈在玉扳指上雕百骏图。在小小的戒指上雕刻上百匹马，对其他人来说这几乎是不可能完成的任务。

不过对陆子冈来说，小菜一碟，他花了几天工夫就完成了。他在小小的玉扳指上雕了三匹马，一匹在城内驰骋，一匹正向城门飞奔，一匹从山谷间露出马头，加上周围高低起伏的环境衬托，营造出了万马奔腾的感觉。他用视觉差表现出了皇帝想要的效果。

皇帝看到后,亲自在"宫廷直播间"代言推荐:妙,真奇妙!大师一出手,便知有没有。

一时间,陆子冈制作的玉器成了文人雅士、王公贵族们的抢手货。一支用来别头发的小玉簪,价格都被炒到五六十金,其他的玉器可想而知。当时,他雕刻的玉器,人们买到即是赚到,因为一转手,就能卖出几倍的价格。

明朝的民间雕刻工艺从此达到了一个全新的高度。

明代文学家魏学洢曾经写过一篇散文《核舟记》,详细地记录了一位微雕工艺师王叔远送给他的作品——一枚用桃核雕刻的小船。

船身有两粒米高,大约三厘米长,竟然被雕成了苏东坡乘船游赤壁的图案。中部突起而宽敞的地方是船舱,上面盖着竹叶做成的船篷,船舱两边各雕了四扇小窗户,总共八扇。打开小小的窗户,竟然可以看到雕花的栏杆。关上所有的窗户,可以看到右边刻着"山高月小,水落石出"八个字,左边刻着"清风徐来,水波不兴"八个字。

船头坐着三个人:中间的苏东坡戴着高高的帽子,长着浓密胡须,露出右脚。他的朋友黄庭坚坐在左边,露出左脚。二人侧着身体,两膝相抵,正在埋头看一卷字画。苏东坡右手拿着画卷的右侧,左手搭在黄庭坚的肩膀上。黄庭坚左手拿着画卷的左侧,右手指点着画,嘴巴像是在说话。右边是和尚佛印,佛印像极了弥勒佛,他敞开大肚子,懒洋洋地抬头仰望。只见他平放右腿,曲着的右臂支撑在船板上,左臂挂着的念珠碰到了左膝。魏学洢仔细一看,天哪,

妙，真奇妙！大师一出手，便知有没有。

那些念珠居然能一粒粒清楚地数出来。

老王是怎么做到的啊？

两粒米高的桃核上清晰地刻三个人就已经很神奇了，可神奇之处还远远不止这些。

只见船尾横放着一只船桨，船桨左右两边各有一个撑船的人。右边的人梳着椎形发髻，仰着脸，左手倚靠着一根横木，右手还抠着臭脚丫，做出一副大声喊叫的样子，是不是抠得太爽了？左边的人右手拿着一柄蒲葵扇，左手摸着火炉子，炉子上还放着一把茶壶，他注视着茶炉，正在认真倾听煮水的声音。

再看船的顶部，居然还刻着一行字："天启壬戌秋日，虞山王毅叔远甫刻。"字迹细小得像蚊子脚一样，字体暗黑，但是笔画清晰，旁边刻了一枚篆书印章"初平山人"，字体是红色的。

一只三厘米左右的桃核上竟然刻了一条船，这条船上还有五个人、八扇窗，竹篷、船桨、炉子、茶壶、手卷、念珠各一件，对联、题名和篆文，三十四个字，连人物的眉毛、胡须、臭脚丫子都是那么清晰。

如果不是亲眼所见，普通人打死也不会相信世上还有如此神奇的技艺。

王叔远从小就喜欢雕刻技术。他经常带着小刀，跑到村边的树林里，认真观察各种鸟兽，并把它们刻在树干上、石头上。他常常因为练习雕刻而划破手指，鲜血直流。父母问他时，他只是淡淡地说："别担心，是小草划破的！"经过长期的努力与刻苦的练习，长大后的王叔远成了有名的微雕家。据说，他能把直径一寸的木头雕刻成宫殿、器具、人物，甚至飞鸟、走兽、树木、石头，惟妙惟肖，栩栩如生。

董小宛·拥有高超厨艺的"秦淮八艳"之一

明朝苏州城内,高大古朴的樟树下,小有名气的董家绣庄传来了一声婴儿的啼哭,董老爷和妻子白氏看着女儿肉嘟嘟的小嘴巴,激动不已。既然是爱的结晶,他们就结合两人的姓氏,给刚出生的女儿取名叫董白,跟"诗仙"李白同名呢,可以看出两口子对女儿的才华寄予了厚望。

丈夫负责赚钱养家,老婆负责教女儿才华。董白挺争气,学习非常刻苦,她上午学习诗词歌赋,下午学习琴棋书画,晚上还得练习刺绣,虽然累但快乐着。随着时间的推移,董白琴棋书画样样精通,刺绣技艺也非常高超,并且貌美如花,性格温和,大家都很喜欢她。她在十五岁创作的绘画作品——《彩蝶图》,至今还在无锡市博物馆里收藏。

董白既有大家闺秀的庄重优雅,又有小家碧玉的灵动清新,长大后,她就等着被"上辈子拯救了银河系"的男人娶回家。

可惜,上天都嫉妒她的美貌、才华。在她十三岁那年,父亲染上了重病，一命呜呼，留下了柔弱的孤儿寡母。母亲白氏伤心欲绝，不愿睹物思人，她将董家绣庄交给了伙计打理，花钱在河边另外建造了一间别院，带着女儿隐居世外。

明朝末年，天下大乱，清军打劫、农民起义，搅得到处不太平，流氓土匪也乘机烧杀劫掠，董家绣庄的生意一落千丈。白氏打算关闭绣庄，懒得操心烦神。可是不看不知道，一看吓一跳，这几年，董家绣庄严重亏损，钱没赚到，还欠了一屁股债——伙计早就暗中把店掏空了。现在，她们娘俩作为债权人，想脱身也脱不了了。

宣布破产也得赔钱哪！不然天天有人来骚扰。可现在哪还有余钱？一气之下，白氏病倒了，家庭的重担压在了独生女董白身上。生活费、医药费、外债，仿佛三座大山压得她喘不过气来。

向别人借贷？谁又会给她这个小姑娘面子？即使有人愿意借，那也是想占她便宜。

天哪，为什么？她的内心如同钢针被刺入，头上犹如泰山压顶，无法呼吸，无法入眠。

一天，有个神秘人士找到她，拿出"名片"自我介绍："我是'星探'，有没有兴趣到秦淮河画舫（供游人乘坐的船）上当个'模特'？"董白心里清楚，这是让她去做歌伎。她愤怒了，可也犹豫，母亲还躺在床上，急需医药费。

最终，她向冷酷的现实低下了头，来到了秦淮河畔。老鸨一见她，顿时嘴巴笑得如同绽放的荷花，一棵大大的摇钱树来了啊！来了画舫就得有艺名，好比梁山好汉里的"黑旋风""及时雨"什么的。

老鸨说："要不叫春花？"

董白眉头一皱，什么玩意！

"梅花？荷花？梨花？"老鸨继续说着一些粗俗不堪的艺名。

"叫小宛吧！"董白淡淡地说，宛表示婉转温柔而又曲折，符合她的性格与身世。

好，这个好，还是小姐有文化！老鸨嘴巴笑得更大了。美女加才华，还有什么男人的心不能融化？发财了，发财了！

从此，董白成了董小宛。

她与柳如是、李香君、陈圆圆等同称"秦淮八艳"。一时间，官一代、官二代、富一代、富二代等全都奔向了秦淮河畔，他们要不惜一切代价，拿下董小宛！

可是众男人都难入董小宛的眼，直到一个风流公子的出现，才让她彻底破了防。风流公子的名声在秦淮河姑娘们的口中已经成了传奇，人称"四公子"。他出生于官宦世家，十四岁就出版了诗集，被文学泰斗们比作唐朝的王勃，最关键的是，他长得还帅，有"东南秀影"和"人如好女"之称。什么意思呢？东南一枝花，英俊小鲜肉，是典型的高富帅。他经常来南京参加科举考试，虽然一次也没考中过，但是他每次来，都会与秦淮河的不同女人留下一段浪漫而短暂的爱情故事。

他的名字叫冒辟疆。

可是，此刻的冒辟疆正与"秦淮八艳"的另外一位美女陈圆圆打得火热。后来，闯王起义，清军入关，陈圆圆不知去向，加上第六次考试失败，伤心的冒辟疆才将目标放到了安静温婉的董小宛身上，替她赎了身，娶回家做了小老婆。

进入冒家以后，董小宛再一次证明了学霸的魅力。因为冒辟疆的原配妻子苏氏体弱多病，董小宛成了大管家。她什么都要操心，虽然在财务会计（全家账目）、总经理（管事）、保姆（侍奉公婆）、厨师（研究美食）、老师（教育小朋友）等多个角色中来回穿梭，但她从不喊苦喊累，很快就赢得了冒家上下的一致尊敬，深受婆婆马氏和丈夫大老婆苏氏的好评。

为了让大家吃好、喝好，她将自己的学霸精神用在了研究美食上。哪个地方有特别好吃的菜，她就会亲自前往品尝，研究菜的制作方法；哪个人菜烧得好，她就拜他为师，认真学习；在书中看到特别有趣的小吃菜肴，她也会翻遍古籍，找出它们的做法。

很快，她成了独当一面的大厨，还独创了两道菜——董肉和董糖。董肉就是现在我们常常吃的虎皮肉、走油肉，纹似虎皮，肥而不腻，油亮光滑，香甜可口，是现在江苏的一道名菜。董糖是用芝麻、炒面、饴糖、松子、桃仁和麻油作为原料制成的酥糖，被切成小方块，类似小型的新疆切糕，外黄内酥，甜而不腻。因为在厨师行业的创新与研究，董小宛被后世评为古代十大名厨之一。

学霸总是善于利用时间。闲暇之余，她还苦练书法不停歇，很多人都来求她在扇子上题诗、题词；她也从没放弃绘画技艺，留下了《孤山感逝图》《玉肌冰清图》等作品；还见缝插针地利用业余时间写下了大量诗词，出版了《绿窗偶成》《一柄象牙彩蝶》等诗词。

何心安·一两银子起家的超级富豪

"唉,刚刚攒了点钱,偏偏又遇到强盗,一夜之间回到贫雇农。"住在小旅店的何心安怎么也无法心安,他原本带了一批货物准备去福建赚大钱,走到延平地界却遇到强盗,货物被抢劫一空。"好心"的强盗们只给他留了一条被子和一件外衣。万幸的是,他外衣夹袋里还有几十枚小钱。他在延平找了一家便宜的旅店住了下来,看看还有没有赚钱的机会。

何心安是清朝咸丰、同治年间浙江台州的生意人,因为勤学好问又爱钻研,很快成了当地的土豪。这次,他原本想去福建卖货大赚一笔,结果,天有不测风云,被抢了。

"唉,这可怎么办哪!"夜里,隔壁的房间传来隐隐约约的哭泣声,莫非隔壁也是天涯沦落人?他过去一问,对方名叫范幼铭,安徽人,跟他一样也是去福建做买卖时被半路打劫。

看来延平这地方的营商环境很恶劣啊!

难兄难弟聊得非常投机。

"范兄可有什么打算呢?"

"唉,我在这里举目无亲,如今身上只剩下一两银子,用完也就是我的末日了。"范幼铭哀声道，眼睛里流露出两个字——悲催。

"还有一两银子？"何心安的眼睛里流露出三个字——有搞头！"我这里还剩下几十枚钱，如果范兄信得过我，我们把钱凑起来做投资，何愁没有生计呢？"

这家伙不会是骗子吧？看样子也不像啊？唉，就这一两银子，骗去又能怎样呢？

范幼铭将银子交给了何心安，好奇地问："这点钱又能做什么呢？"

"你在这里等着，我去采购些物品，我们一起做！"何心安说着马上就出去了，范幼铭迷迷糊糊地睡着了。

一觉醒来，范幼铭看到房间的桌子上除了香喷喷的包子、馒头和小菜，还堆满了竹片、竹枝和各种颜色的纸张。

"何兄，这是怎么个说法？"肚子饿得咕咕叫的范幼铭一边拿起包子，一边问。

何心安开心地笑了，兴奋地说："范兄，我刚才到附近的村子里转了转，发现这个地方盛产竹子，价格比外地便宜多了。我跟村子里的人讨价还价后买下了这些竹片、竹枝和五彩纸，等会儿我们一起做玩具。不过我们得先填饱肚子再说，有力气好干活！吃！"

范幼铭带着疑惑吃完了。饭后，他看着何心安用竹片、竹枝做骨架，外面再糊上各种颜色的纸，一只大雄鸡就出现了。何心安又用竹枝做成小乐器，固定在鸡的尾巴上，嘴一吹，鸡就会咯咯叫，悦耳动听。

"嘿，真有趣！老兄，你这是从哪里学来的？"范幼铭也学着样子做起来。

"我之前跟一个民间艺人学来的，我们赶紧做！今天是大年初一,如果拿到附近集市上去卖,肯定能瞬间脱销啊!"

不到半天,三百多个竹纸彩鸡就做好了。两人来到延平集市,找了个地摊坐下来,吹起了竹鸡。因为延平环境闭塞,当地人从来没见过如此有趣的玩具,小孩子们蜂拥而至,玩具很快一售而空。两个人的钱袋瞬间爆满,脸色也有了红润的光泽。然后,何心安挂出牌子:"今日售罄,明日再来!"

回到旅店,他们又连夜赶制了一大批竹鸡玩具,到其他没去过的地方走街串巷地售卖。几天下来,当初的投资翻了几十倍。

"再卖上几天,就有钱回家了!何兄果然是个生意天才!"范幼铭兴奋地夸道,他还从没一夜之间赚这么多过。

"我们明天不卖竹鸡了!"何心安脑子里飞快地转着。

"啊?那卖什么?"

"卖布娃娃!"这几天因为生意火爆,估计很多生意人会去做技术含量极低的竹鸡,到时就会供大于求。

何心安到街上的绸布店买了一批各种颜色的便宜边角料,又到弹棉花的店里买了很多旧棉花。他带着范幼铭做起了生动可爱的小布人偶。游走四方的何心安学了太多别人没学过的技术,在这里用上了。

当别人模仿他们卖竹纸彩鸡的时候,他们卖起了利润更高的布娃娃。竹鸡商们张大了嘴巴,纷纷感叹道:"哪里来的神人?真是猜不透啊!"

十多天来,在当地新奇少见的布娃娃卖得非常火爆,两个原本落魄的商人也因此大赚特赚。

该走了!延平这个小地方做不了大生意。挥一挥手,轻轻地,我走了!

这一两银子用完，就是我的末日了。

范兄信得过我的话，我们一起投资，我能让银子生银子。

咯咯

我就要竹鸡

何心安带着他的"小迷弟"范幼铭去了沿海"一线城市"——福州，考虑到当时外国货是个新奇东西，他们就开了一家店铺，专门卖洋货。无论穷人与富人，都可以进店参观，随意挑选；不管买不买，人们进来都会看到店员们如春天般的笑脸。

因为服务态度与产品的质量都很好，他们的店铺销售场面极为火爆。他们从不拖欠进货款，各国洋人都喜欢跟何心安做生意。几年过后，何心安成了福建地区的巨富，进入了当地富豪排行榜。范幼铭也跟着跻身富豪圈，还与偶像何心安成了儿女亲家。

如果何心安不注意学习观察，又怎能做出那么多新奇的玩意？如果他不注意思考总结，又怎能在绝境中寻找商机？

戴梓·我也能造出冲天炮

康熙年间,福建耿精忠响应吴三桂,起兵叛乱,进犯浙江。朝廷派遣康亲王为奉命大将军,率清军赴闽浙地区征讨耿精忠。

有个叫戴梓的平民百姓能文能武,善于制造各种武器。看到天下大乱,他就弃笔从戎,向康亲王进献了他的新发明——"连珠火铳"。这种武器的形状很像琵琶,能够连续射击28发子弹,类似于现在的自动步枪。

康亲王接见了戴梓后惊呆了,这个家伙不仅分析军事形势头头是道,还能制造出这种威力巨大的怪物,别走了,留在我身边帮我出谋划策,杀敌报国吧!当"连珠火铳"出现在战场上时,耿精忠被打得目瞪口呆,很快投降,这是什么鬼东西?难道神仙下凡了吗?

戴梓出生在一个官吏之家,从小读书的范围并未局限在科举考试必读书目,而是喜欢什么,他就读什么,数学、兵法、水利、天文等他都喜欢。因为他的老爸戴苍特别喜欢机械制造,戴梓耳濡目染,经常自己倒腾各种火器,不仅成功制造出了枪支,还发明了"连珠火铳"。

只可惜，天下安定以后，康熙并没有让戴梓创建兵工厂，制作先进的武器，而是任命他为翰林院侍讲，在皇帝的南书房上班，没事给皇帝上上历史课与政治课。

一个武器制作天才就这样在康熙的手里变成了连新科进士们都可以胜任的文字秘书。舞文弄墨的文人天天有，而善于制作武器的文人百年未必有一个，着实有些浪费人才。

康熙只有在打仗和争面子的时候，才会想到戴梓的特殊才能。

康熙二十五年（1686年），荷兰使者来到中国，向康熙大帝进贡了他们先进的新式武器——"蟠肠鸟枪"。使者大肆夸耀，咱们这种先进的武器，别的国家没法造！康熙皇帝听后不高兴了，你们能造，咱们为什么不能造？戴梓，你能否造一支？

戴梓仔细看了看"蟠肠鸟枪"，拍着胸脯道："没问题，看我的！"很快，他就仿造了十支一模一样的"蟠肠鸟枪"。荷兰使者看到后惊呆了，这是上帝派来的神人吗？

后来，比利时传教士南怀仁向康熙炫耀他们国家发明的"冲天炮"（又称"子母炮"），并夸下海口，"冲天炮"只有比利时人能造，其他国家的人想都不要想。

康熙看着戴梓，咱大清的面子不能丢，老戴，你再辛苦一下？

嗯，这个可以有！

经过八天的钻研与打造，"冲天炮"真的冲天而出。南怀仁羞得无地自容，我刚吹完牛，你就啪啪打我脸，咱们走着瞧！

在平定噶尔丹叛乱的时候，康熙命令戴梓继续制造这种威猛无比的大炮。炮弹的外形宛如一个瓜，里面装着很多"子弹"，"子在母腹，母送子出，从天而降，片片碎裂"。炮弹所落之处，敌人鬼哭狼嚎，血肉横飞，以为遇到了来自地狱的魔王。在征讨噶尔丹的时候，戴梓凭借自己发明的新式武器立下了大功，被康熙大帝封了个"威远将军"的荣誉称号。

可惜，人一旦成为皇帝身边的红人，必然会遭到他人的嫉妒与陷害，后来，戴梓被南怀仁等人扣了个"私通东洋"的帽子。康熙大帝不问三七二十一，就把戴梓流放到了满族人的老家——盛京。在那里会有无数双眼睛盯着这个顶级武器制造专家。

康熙真的相信"私通东洋"的谣言吗？未必！以他的智商与水平，暗中派几个人调查一下就能还戴梓清白，他为什么不做呢？

因为他亲眼见过先进武器的厉害，所以他更加忧虑。这样的技术一旦流入民间，百姓们用它来造反，我们能扛得住吗？如果戴梓将来有异心，利用他的顶级技术为汉人造枪造炮，还有我们满人什么事？如何有效地控制文人与百姓，一直是清王朝皇帝与贵族思考的事，他们要稳，坚如磐石的稳。在他们眼里，先进的知识与教育对维护统治稳定来说，没有任何用处。

所以，只能委屈老戴一下了。

康熙将戴梓流放到寒天雪地里，圈禁他，监视他。原本可能让中国武器技术赶超西方的武器制造专家戴梓，最后只能以卖字画为生，冬天没有热炕，吃饭没有米粮。虽然后来遇到大赦，但是他再也没有发挥才能的机会，郁闷地死在了他乡。

第四章

搞艺术，我也是专业的

著名书法家王羲之年轻的时候，为了把字练好，无论休息还是走路，心里总是想着字体的结构，揣摩着字的架子和气势，而且不停地用手指头在衣襟上比画着。时间久了，他身上的衣服也被划破了。他在池塘边练习写字，在水里洗涤笔砚，很快，整个池塘的水都变黑了。

无论从事任何行业，想要成为别人眼中的牛人，没有魔鬼般的训练，没有天使般的乐观，是不可能轻易成功的。即便不学文科、理科，想要搞艺术，也得有专业精神。看，古代那些"艺术特长生"是如何乘风破浪的。

师旷·失去双眼，换一种方式感知世界的美好

"快来，快来，大师弹琴了！"春秋时期的晋国宫殿里，晋平公率领一群大臣当起了一位"巨星"的忠实歌迷，等待"巨星"弹奏自创的乐曲。

"巨星"看了看下面的一帮"小迷弟"们，缓缓走到一张古琴旁坐下来，手指轻轻抚弄了一下琴弦，轻呼一口气，双手犹如湖面上的微波涌起又落下。很快，悠扬的琴声响起，让人仿佛看到一群玄鹤飞在屋脊之上，忽而翩翩起舞，忽而直冲云霄。随着琴声越来越大，琴弦越拨越快，众人又仿佛听到玄鹤伸着脖子长鸣，在欢快地追逐嬉戏。大家的身体也跟着不自觉地扭动起来，兴奋地想要跟着玄鹤们一起跳舞。随着琴声慢慢地平静下来，大家的脑海中又出现玄鹤飘然而去的身影。

一曲完毕，众人起立，拍手称好，太赞了！

晋平公听后，老脸泛起了红光。兴奋，今儿个咱真的很兴奋！他亲自跑过来给"巨星"敬酒。

"这是啥曲子？"

"《清徵》！"

"嘿，好听，一首不过瘾，再来一首！"

看着晋平公与众大臣期待的眼神，"巨星"微微一笑，这个可以有！但不能让你们沉迷享乐，得来点刺激的，让你们明白啥叫人间清醒，哼哼。

坐稳了，开始我的表演！

突然，琴声乍起，力道强劲。顿时让人感觉疾风狂呼，乌云密布，仿佛听到了大雨倾盆而下，冲破屋顶，哗哗作响。众人一身冷汗，这是什么操作？咋感觉上了战场，听到了厮杀之声？众人吓得纷纷离开座位，想要逃跑。

"砰"的一声，琴声停止，"雷电""风雨"骤停，原来是想象！嘿，吓死宝宝们了！

"巨星"冷冷一笑，哼，不好好工作，这首音乐就会死死缠着你们；不认真反思，你们的想象就会变成现实。

"这是啥乐曲？太可怕了！"

"《清角》！"

唉，晋平公摸摸额头上的冷汗，若有所思，得回去好好学习，不能总是沉迷享乐。

可是，我已经七十多岁了，还有精力吗？

晋平公问道："虽然我很想学习，但是一把年纪了，常常失眠健忘，记忆力衰退，恐怕已经晚了吧？"

我看你是给自己找理由吧？"巨星"淡定一笑，说道："你要学习，为什么不点上火烛呢？"

嘿，这家伙是不是在讽刺我？你自己是个瞎子，难道我也瞎吗？这跟点火烛有什么关系？晋平公有些生气地说："哪有做臣子的和君王开玩笑的呢？"我跟你闹着玩是平易近人，你跟我闹着玩，那就是不懂尊卑，皮痒！

"不是您想的那样。我是一个什么都看不见的瞎子，怎敢戏弄您呢？我曾经听人说，少年的时候喜欢学习，人就像初升的太阳，充满希望；中年的时候喜欢学习，人就像正午的太阳，充满激情；晚年的时候喜欢学习，人就像点燃的火烛。虽然光亮微弱，随时有熄灭的危险，但总比在黑暗中迷失方向、跌跌撞撞要好吧？"躺平了，就没希望了；奋起了，总还有机会。

想要学习，年龄不是借口，身份不是理由，性别不是问题。

晋平公听后点点头："你说得很有道理！"

这位"巨星"就是古代鼎鼎大名的"乐圣"——师旷。

他是春秋晋悼公、晋平公执政时期的晋国平阳人，字子野。"师"表示职业，并非姓氏，是春秋时期乐官的统称。师旷是盲人，常自称"瞑臣""盲臣"。至于为什么他眼睛看不见，有两种说法：一是他天生就看不见，二是他为了专心学习音乐，提高听觉能力而故意弄瞎了自己的眼睛。第二种说法流传较广，但未必可信。为了学习自律可以，自虐就有点反常了。事出反常必有妖，后一种说法估计是后人为了突出他的才能而瞎编的。而且当时的乐工大都由瞽蒙（眼睛看不见）人士担任，这样的人要么没有眼珠，要么有眼珠却看不见。师旷应该生下来就是盲人。

但是他并没有因为天生残疾而自卑，没有眼睛，我就用耳朵来感知世界的美好。万物的声音仿佛一个个小精灵，通过耳朵住进了他的心里，为他打开了认识世界、感受生活的另一扇窗。嘿，这些声音真好听,如果我能把它们留住该多好。

因为没了视觉,他的听觉反而更出色了。师旷就发挥这项特长,跟随别人学习音乐,训练自己的辨音能力。

他向宫廷乐师学琴,向自然万物学音。渐渐地,他学会了弹琴、鼓瑟、敲钟(编钟),能够熟练地演奏各种乐器,尤其擅长演奏古琴。也具备了超强的辨音和创作能力,无论什么声音,他只要一听,就能用琴声表现出来,据说古典名曲《阳春》《白雪》就是他创作的。他从来不搞地域歧视和门派主义,不管是南方的音乐,还是北方的音乐,不论是宫廷的音乐还是民间的音乐只要好听,他都会认真地去学习,并向人求教。这个乐器怎么弹,那个音律怎么弄,不弄懂他就绝不休息。

最终,他活成了他人心中的神话。

每当晋国宫廷举行盛大的祭祀仪式和大型歌舞晚会时,师旷就会成为"艺术总监"——主乐大师。在学习音乐和担任"总监"的过程中,他还注意听取治国理政的故事。一个好的乐师不仅能弹出好听的乐曲,还能借助音乐来劝诫君王。

那个时候,宫廷乐师有太师、少师以及乐工之分,师旷凭借自己的学霸精神和超强的本领,升任为晋国的太师。

后来,他从晋悼公时代走进了晋平公时代。

晋平公一开始并不尊重师旷,不就是个会弹琴的瞎子嘛,有什么了不起?居然还时不时教我如何治国理政?让我来耍耍他。

一天,晋平公在一座高台之上摆了一桌酒席,让大臣马章在通往高台的阶梯上撒满带刺的藤条,然后命人请师旷过来喝酒。晋平公看到师旷穿着鞋子来,便说道:"你作为臣子,到我这里来喝酒,怎么能穿着鞋子呢?太不礼貌了吧?(那时,参加宴会要脱鞋脱袜,表示对主人的尊重。)"看不到阶梯上藤条的师旷于是脱下鞋子,他刚踏上台阶,脚底板就被刺出了血,随着"哎哟"一声,他疼得跪在了地上。紧接着又"哎哟"了一声,他的膝盖也被刺伤了。唉,他仰天长叹,王要臣死,下道命令就成,何必如此折磨人呢?

看着表情痛苦的师旷,晋平公感觉自己玩笑开大了,连忙起身,扶着师旷说道:"你不要介意,我今天不过是跟你开个玩笑罢了。"

玩笑?我看你是整蛊!不拿出点本事,你就不知道我的厉害。师旷随即弹了一首曲子,用实力让主子闭上了嘴巴,并对他竖起了大拇指。

有一次,喜好音乐的晋平公花费重金造了一套新的高级编钟,试听了之后,他开心得眼睛眯成了一条缝。啊哈,天下哪个国家的钟有我的这个酷?乐工、乐师也跟着纷纷点赞,好编钟,大王造!

师旷一听就摇了摇头,泼来一盆冷水:"您这套钟的音调不准,必须毁掉重新做!"

嘿,什么玩意?我看是你不识货吧。哼,懒得理你!

后来,卫国的顶级乐师师涓来到晋国,听了这套钟的音调之后,也认为音调有问题。

晋平公羞红了脸,丢人丢大发了。如果早点听师旷的,也不会在外国人面前出丑了。

师旷不仅能弹出美妙的音乐,凭声音判断钟的音调,他还把音乐用到了新领域。

一次,晋平公率领"多国部队"讨伐齐国,势如破竹。在齐国失败后晋平公原本打算乘胜追击,跟随他左右的师旷这时却说道:"别追了,齐国部队肯定昨晚就跑了。"

哦?何以见得?

听他们营地上空鸟的声音就知道了。

我不信!

晋平公派人去看,齐军的营地里果然空无一人。

一天,楚国大军攻打晋国,大家都有点紧张,那些蛮子砍人很猛,咋办呢?

师旷不慌不忙,说:"咱不怕!我召集人对着咱们唱嘹亮高亢的北方歌曲,对着楚国将士唱他们老家风格的歌曲。楚国乐曲软绵绵的,听起来就让人想家,没有精神。楚军听了,战斗力肯定会大大降低,必定无功而返。"

哦?真有这么厉害?

对,就是这么厉害!

果然,听了师旷的演奏和歌唱,楚国将士想回家找妈妈了。后世的韩信在包围项羽军队时,也命人唱起了楚歌,估计就是受了师旷的启发。

音乐用得好,敌人跑不了。

搞音乐,我是专业的;搞军事,我也不是业余的!

晋平公脸上写满了"服"字,从此以后,师旷说什么就是什么。

既然这样,我也得对你负责,对国家负责,到时犯颜直谏,你可别怪我。

一天,晋平公和大臣们大摆宴席,大口饮酒,不一会儿,他醉醺醺地感叹道:"嘿,天下职业千千万,没有哪个比做君王嗨!我无论说什么话,谁都不敢违抗!哼哼!"我就是这么豪横。

众大臣表面点头,大王说得对!心里暗笑,大王喝多了,你这不是在刺激大家造反吗?

一旁的师旷火大了,这家伙说话不知轻重、不分场合,你一个

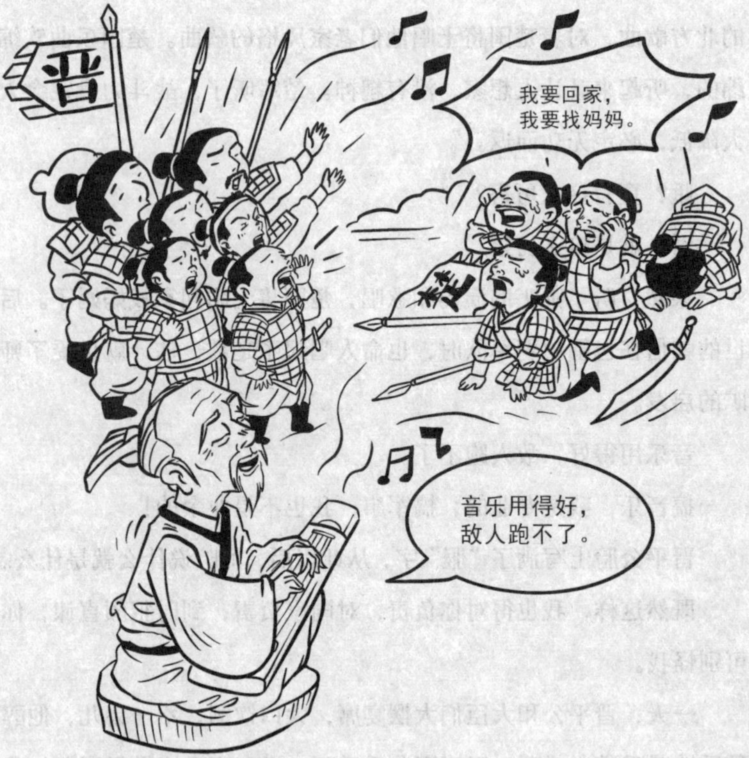
晋
我要回家，我要找妈妈。
音乐用得好，敌人跑不了。

君王怎能如此说话？要是谁都不敢违背你，你还不飞上天？那我来做第一个违抗你的人，点醒"沉醉不知归路"的你。

师旷搬起身边的古琴，用力朝着晋平公的方向扔去。晋平公惊起一身冷汗，今宵酒醒何处，赶紧躲避。古琴撞在墙壁上，哎哟，好险！

众人蒙圈了，这是什么操作？眼睛瞎了，还乱扔东西？砸到主子怎么办？砸到花花草草、瓶瓶罐罐，也不好嘛！

晋平公摸着额头上的冷汗，问道："太师，这是要砸谁？"

面对智商掉链子的晋平公，师旷气不打一处来，说道："今天，我听到了不该听到的话。"

晋平公的脑子突然转过弯来："你说的是我吗？"

"不是你是谁！你刚才说的是君王该说的话吗？"师旷愤愤地说道。

该死！我们还以为你是眼瞎，扔错了地方，没想到你是故意以下犯上，活腻歪了吧？左右大臣、侍卫们都纷纷要求处死师旷。

晋平公这时突然醒悟过来，刚才我说的话的确是太狂妄了，杀了师旷，以后还有谁敢说真话呢？以后还有谁能弹奏这么美妙的乐曲呢？于是，他摆摆手，说道："放了他吧！以后我要引以为戒。"

师旷用极为深厚的艺术造诣、为国为民的正直品格、满腹经纶的深厚学识赢得了晋悼公、晋平公、大臣们以及后世无数人的信任与尊重。

韩娥·哭，也能哭得惊天动地

齐国在"创始人"姜子牙的带领下，走上了飞速发展之路。到了齐桓公统治时期，管仲与齐桓公继续沿用姜太公的政策，发展经济，创新体制，鼓励老百姓合理致富，最终实现了"通货积财，富国强兵"。

宽容的政策与自由的氛围让各行各业的人都能安心工作，闷声发大财。

齐国人的钱袋子也渐渐鼓了起来，解决了温饱问题之后，齐国人就有更多的时间去享受生活的美好了。唱歌、跳舞、体育、斗鸡等，各种热闹的活动应有尽有，老百姓的生活越来越丰富，艺术品位也越来越高。

一天，齐国都城临淄（今山东省淄博市）的雍门下，来了一个穿着破烂的异国女人。她的眼神里透着哀伤，脸上沾着尘土，不过泥土却没有遮住她美丽青春的容颜。只见她站到一座土堆上，运一口丹田之气，张开了红润的嘴唇，唱起了歌。歌声听起来犹如从地底奔涌而出的火山岩浆，感情浓烈，又如一只直冲云霄的大雁，吟啸长空。

哇，来了个高手啊！

路过雍门的各地行人纷纷停下脚步，坐在家里的齐国人也走到雍门,围着那个女人,欣赏着前无古人的天籁。"演唱会"结束之后,大家才知道这个女人名叫韩娥,因为失去了亲人,生活陷入贫困,她才跑到富裕的齐国寻找可以活下去的机会。因为身上带的干粮吃完了,她只能在雍门卖唱,挣口饭吃。

嘿,原来如此!

来到咱们齐国就是客,何况你还让我们听到了这么美妙的异国好声音。围观的百姓纷纷对她慷慨解囊,一路流浪、饿着肚子的韩娥总算吃了顿饱饭。

等她离开后,神奇的事情发生了。

大家好像每天都能听到她的歌声,那美妙的歌声仿佛化作一缕缕的丝线,缠绕在每家每户的房梁上,几天几夜,始终没有消失。(这就是成语"余音绕梁"的出处,出自《列子·汤问》,形容歌声或音乐优美,余音回旋不绝。也比喻诗文意味深长,耐人寻味。)怎么会这样?歌声咋会有这么大的魅力?

难道我们中邪了?听别人唱歌,激动一时;听韩娥唱歌,激动一世。

吃饱饭之后,韩娥来到一家客栈,准备投宿。店主不像老百姓那么善良,看她穿着破烂,瞥了她一眼,冷冷地拒绝了她,咱这里不是收容所,不收乞丐。

唉,士可杀不可辱!韩娥流着眼泪离开了。

她来到一个僻静之地,越想越伤心,越想越难过,我自幼刻苦学习唱歌,发音准、中气足、换气畅,声音圆润洪亮。难道我学习唱歌没有用吗?为什么我连住的地方都没有?女人活着咋就这么难!

唉，艺人的地位太低了，在老家连口饱饭都吃不上，原本以为来到富裕发达的齐国，能碰到好机会，可是……

伤心欲绝的韩娥哭了，她吸了一口气，拉长声音，唱出了心中的悲苦与委屈。歌声舒缓、哀怨而有力，穿透了百姓们的窗户，冲击了众人的耳朵，犹如一股冰冷的清泉流进了大家的内心。百姓听到她的歌声，便沉浸在悲伤的情绪中，久久不能自拔，为什么她的声音会令我们如此伤心？

唱完之后，韩娥落寞地离开了临淄城。

齐国百姓们不干了，这么好听的声音怎么能从此断绝？他们赶紧追上去，韩娥，你别走了，你负责专心把歌唱，咱们为你刷卡。

啊？感谢大家，是你们让我重新燃起了生活的希望。韩娥立刻唱起一首动听快乐的歌曲，这首歌仿佛一针兴奋剂打在了每个人的身上。大家跟着节奏高兴地跳起舞来，好久没这么开心了！刚才的悲伤竟然一扫而空。

韩娥也把自己的歌唱技巧传给了这些忠实善良的"歌迷"。从此以后，齐国都城一带的人唱起歌来，悠扬动听；痛哭起来，感动鬼神。

练就金嗓子也得有好方法。在不断的摸索中，韩娥掌握了各种唱歌技巧，加上她灵活地运用，她的歌唱水平也越来越高。虽然古代歌手的地位比较低，但她通过不断地学习，不靠男人也养活了自己，赢得了百姓们的尊敬。

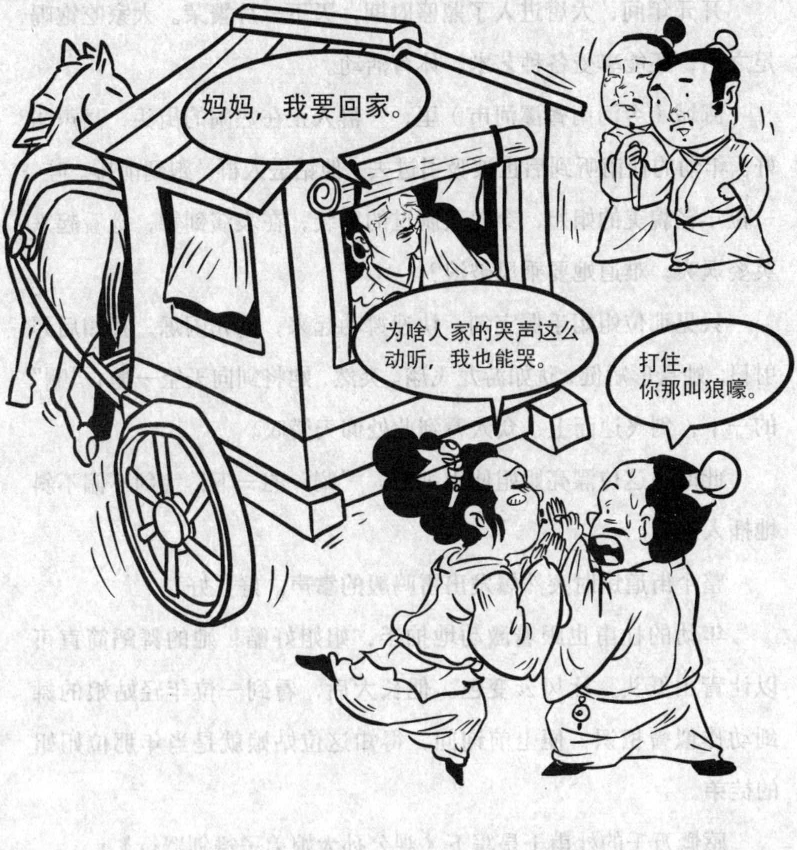
妈妈，我要回家。
为啥人家的哭声这么动听，我也能哭。
打住，你那叫狼嚎。

公孙大娘·让街头艺术走进皇家戏台

开元年间,大唐进入了鼎盛时期,天下一片繁荣。大家吃饱喝足之后,还能享受各种艺术、体育活动。

郾城(今河南省漯河市)里,一群人正在热闹的街头,高声叫好。年幼的杜甫听到后也被吸引过去,他钻进人群,跑到前排。哇,一位年轻貌美的姐姐,穿着改制过的军装,在表演剑舞,她看起来英姿飒爽,难道她要乘风破浪?

只见那位姐姐手握宝剑,快速舞动起来,剑光闪烁,犹如后羿射日;她身形矫健,犹如游龙飞翔。突然,她将剑向天空一抛,"唰"的一下,剑飞速而上,众人看到此处仰天赞叹。

此时,这位漂亮姐姐伸出剑鞘,"唰"的一下!宝剑不偏不斜地插入剑鞘。

整个街道这时突然爆发出雷鸣般的掌声。好!好!

年幼的杜甫也跟着激动地拍手,姐姐好酷!她的舞蹈简直可以让青山低头,让风云变色。他长大后,看到一位年轻姑娘的舞剑动作似曾相识,便上前询问,得知这位姑娘就是当年那位姐姐的徒弟。

感慨万千的杜甫于是写下《观公孙大娘弟子舞剑器行》:

昔有佳人公孙氏，一舞剑器动四方。
观者如山色沮丧，天地为之久低昂。
霍如羿射九日落，矫如群帝骖龙翔。
来如雷霆收震怒，罢如江海凝清光。
绛唇珠袖两寂寞，晚有弟子传芬芳。
临颍美人在白帝，妙舞此曲神扬扬。
与余问答既有以，感时抚事增惋伤。
先帝侍女八千人，公孙剑器初第一。
五十年间似反掌，风尘澒洞昏王室。
梨园子弟散如烟，女乐余姿映寒日。
金粟堆前木已拱，瞿塘石城草萧瑟。
玳筵急管曲复终，乐极哀来月东出。
老夫不知其所往，足茧荒山转愁疾。

那位令"诗圣"终身难忘的姐姐就是唐朝最有名的舞蹈家——公孙大娘。娘在古代泛指女性，很多年轻的女孩也可以被称为"娘"，而"大"并不一定指年龄，也可能指在家中的排行。

公孙大娘是唐朝郾城人，年轻时她学过舞蹈。因为热爱，她不断摸索，创作出了一系列独特的剑舞，引领了当时舞蹈艺术界的时尚潮流。

她根据当时金吾将军（掌管京师治安的官员）——裴旻（李白的诗、张旭的草书、裴旻的剑舞被称为"唐代三绝"）的高超剑术，结合自己的表演特点，创作了舞蹈代表作品——《裴将军满堂势》；又将《剑舞》和《浑脱》两种不同的乐舞融合在一起，搭配雄浑激烈、动感十足的音乐，创作出了《剑器浑脱》；在吸收西河地区民间舞蹈和武术技巧的基础上，她还创作出了具有地方色彩的《西河剑器》；在听到动听的乐曲之后，她灵感爆发，创作出了舞蹈——《邻里曲》。

她的舞蹈动作时而勇猛凌厉，时而雄浑壮烈，时而豪迈矫健，时而轻松飘逸。她独创的剑舞，既有烟火气，又有贵族气，成了舞蹈艺术界的天花板。很多艺术家从她的舞蹈中得到启发，大书法家张旭和怀素就因为看了公孙大娘的剑舞找到了创作书法的新路子，从此他们的草书进入了矫若游龙的境界。

每当皇宫举行大型的宴会，公孙大娘的剑舞便成为大家宴会上的必点节目。她用事实证明，只要干一行爱一行，街头艺术也能独步天下，民间达人也能成为艺术高手。

怀素·和尚喝完酒，写字不用愁

"住持，住持，那个家伙又发狂了，正在墙上乱写呢！"一群和尚跑来向寺庙的"一把手"报告情况。

只见这个人脸色通红，嘴喷酒气，手握毛笔，对着寺庙的粉墙一顿狂写，他时而脚步不稳，时而发出笑声，时而打个饱嗝。很快，墙上便出现了一排漂亮矫健的毛笔字，气势犹如雷电交加，又如狂风暴雨。

"嘿，由他去吧！"住持远远望去，并未责怪那个异类分子。宽容即是福，度大心自安。对每种性格的人都能宽容，不正是宽容的最高境界吗？况且他并未干坏事，不过就是痴迷书法罢了。

"唉，狂人！无语！"众和尚摇摇头。老住持点点头，习惯就好！

谁让他是狂草的代言人——怀素呢！行为狂，草书狂，喝酒狂，但是人并不狂！

怀素出生在零陵县一个钱姓农民的家庭，自幼就出家为僧，在寺庙里长大。渐渐地，他爱上了书法，寺庙没有多余的钱购买昂贵的纸，他就在自己的衣服上、寺庙的墙壁上、房间的器物上练习写字。后来实在没地方练了,他就找来木板和盘子,涂上白漆之后,在上面反复练字。写满就擦,擦完再写,没过多久,木板、盘子也被他写穿了。

怎么办呢?

一天,他在寺庙里寻找可以让他写字的地方,走啊走,想啊想。突然,他看到一棵芭蕉树,嘿,这玩意的叶子这么大,把它摘下来当纸如何?说干就干,他掰下一片大叶子,在桌子上摊平之后开始写起来。

哈哈,这叶子竟比之前的木板、盘子强多了,简直就是写字的宝贝啊,还很接地气!可是,没过几天,那棵芭蕉树上的叶子就被他摘光了,只剩下了光秃秃的树干。和尚们一看,老兄,你这是给芭蕉也剃度了吗?是让它加入咱们的光头队伍吗?

芭蕉叶虽然好用,可惜叶子太少,如何重复利用呢?要不我多种一些芭蕉树?

嗯,这个办法好,在不同的芭蕉树上轮流摘叶子,就不至于把它们都摘"秃"了。

好办法,行动!

很快,怀素就在寺院附近找到了一块荒地,他拿起锄头,找来树苗,挖呀挖,种啊种,一下子种了很多芭蕉树。他擦了擦被太阳晒黑的脸,笑了,小芭蕉们,麻烦你们快快长大,那样我就会有用不完的"纸张"了。哈哈!

和尚们窃窃私语,怀素这家伙是不是疯了?他有这个精力,还不如种点青菜萝卜,咱还有得吃。种这么一大片芭蕉树,中看不中用。

怀素依然我行我素,我觉得有用就行!

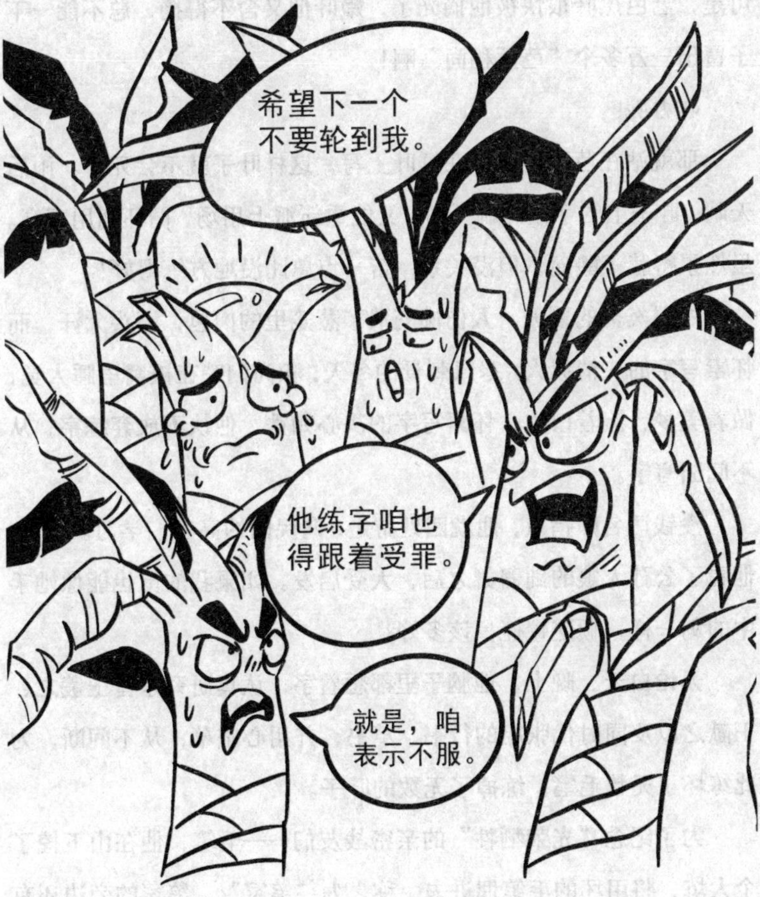

希望下一个不要轮到我。
他练字咱也得跟着受罪。
就是，咱表示不服。

等到芭蕉树长大了，一眼望去，全是绿色，他便给自己住的房间取了个名字——"绿天庵"。看着风景写着字，再也不用担心纸张的问题了，生活就是这么小资！于是，他开启了疯狂练字模式。可是，老芭蕉叶很快被他摘光了，嫩叶他又舍不得摘，总不能一下子冒出一万多个"芭蕉和尚"啊！

咋办呢？

那就站在芭蕉树下，在鲜叶上写，这样叶子就不会死了。雨后天晴，叶子上的字被冲刷干净，又能重新派上用场，循环利用率高。虽然累得脖子酸痛，但没关系，苦一点总比没地方练得好！

烈日炎炎的夏天，人仿佛变成了蒸笼里的肉包，满头大汗，而怀素写字的热情似火；寒风刺骨的冬天，和尚们躺在被窝里睡大觉，做着美梦，流着口水，怀素写字的决心如铁。他从不放弃练字，从不间断写字。

没钱请名师指点，他就四处游走，向民间的高手们学习。有次，他看了公孙大娘的剑器舞之后，大受启发。如果我的笔也能像她手中的剑一样，顺逆顿挫，该多好！

无论白天、晚上，他脑子里都想着字，认真研究东晋王羲之、王献之以及同时代张旭的行书、草书，并用心临摹，从不间断，为此练坏了无数毛笔，练掉了无数的叶子。

为了纪念"光荣牺牲"的亲密战友们——毛笔，他在山下挖了个大坑，将用坏的毛笔埋进去，称之为"笔冢"。笔冢的旁边还有个小池塘，因为他经常在里面洗毛笔，池塘的绿水变成了黑水，名为"墨池"。

因为长期劳累，他的身体开始出现疼痛，也许是为了缓解这种疼痛，怀素喜欢上了喝酒，常常一天九醉，人称"醉僧"。

经过日夜苦练，他的书法自成一派，草书水准与张旭齐名，名震天下，并称"颠张狂素"，他和张旭的草书也成为中国草书史上难以逾越的两座高峰。

钟隐·为了艺术而"献身"

五代时期，在如今的浙江天台县，有一个画家名叫钟隐，因为痴迷画画，又逢乱世，他干脆隐居深山，图个清静。他住在一座茅草屋里，每天跟着大自然学画画。

为了提高绘画技艺，他每天拿着毛笔和纸张，到山中的树林里，随时寻找灵感，随地作画。有时他会蹲在地上，观察各种鲜花和叶子的形状、纹路、颜色，比较各自的异同点；有时他抬头仰望，留心观察各种鸟类的动作、羽毛，分析它们的飞行轨迹。经过长年累月的观察，他能将花草树木、山水禽鸟画得活灵活现，尤其擅长画鹞鹰、白头翁、鹨鸟、斑鸠，简直栩栩如生。

但是，山外有山，人外有人。后来他看到了当时一位著名的画家兼将军——郭乾晖画的鹞鹰，他自愧不如，为什么郭将军画的鹞鹰这么好？我画的虽然也很像，但就是缺少那个味！为什么？

向他拜师学艺？但人家郭大将军又不缺钱，搞艺术只是为了单纯玩玩，而且还很有个性，从来不收徒弟，从来不教他人。

怎么办呢？

学不到技术，钟隐心里直痒痒，他决定无论如何也要拿下郭乾晖。经过多方了解，钟隐听说郭府正在招聘用人，他二话不说，隐姓埋名，递上了"个人简历"。我有的是力气，聘用我吧！

从此以后，他成了郭府一位低等用人。为了早日接近郭乾晖，他卖力干活，认真表现，最终得到了主人的赏识，成为郭乾晖的贴身仆人。主人在画画，他就在一旁磨墨伺候，时不时偷偷观察对方的作画技巧：构图、用笔、着色……并默默地记在心中。

有一天，钟隐看到四下没人，手痒痒，于是，他迅速拿起笔在墙上画了一只鹞鹰。这被远处路过的一个仆人看到了。嘿，这个家伙居然会画画？看那样子，画得不比老爷差啊！既然如此，他为什么要跑到我们府上做粗活啊？这里面肯定有文章，难道是刺客？

带着一连串的疑问，仆人将这个"重要秘密"报告给了主人。郭乾晖听完之后，赶紧跑到墙边观看。钟隐走了，鹞鹰还在。好家伙，怎么跟老子画得一模一样？难道他是天才，看几眼就能学会？嗯？不对，看这线条、力道、构图，绝不是个新手，没个几十年的功力，肯定画不出来。附近具备这种水平的人只有钟隐，难道是他？

郭乾晖听过钟隐的大名，但从未见过他。于是他叫来那个贴身仆人，直接问道："你是钟隐吧？"

唉，瞒不住了，直接摊牌吧！

钟隐点点头，说道："是的，但我没有恶意，因为非常仰慕您，想学习您的绘画技巧，所以自愿来当用人。"

啊？为了艺术"献身"当用人，好小子，有这种毅力和态度，还有什么事情干不成？既然大画家如此谦卑，我还有什么理由藏着掖着。

"好吧，我要将自己的绘画技巧毫无保留地教给你！"

于是，郭乾晖破例收下了生平第一个徒弟。

文与可·使出洪荒之力来画画

北宋有一个著名的画家叫文与可,受到司马光等人的推崇。闻名天下的苏东坡是他的表弟,两个人惺惺相惜,兄弟情义很深。苏东坡非常敬重这位表哥,曾为他写了一篇散文——《文与可画筼筜谷偃竹记》,记录了文与可学习画画的一些事迹。

文章开头有一句话:"故画竹,必先得成竹于胸中。"意思是画竹子之前,心里一定要有完整的竹子,然后拿着笔凝神而视,就能看到心里想要画的竹子是什么样了。(成语"胸有成竹"出于此,原指画竹子时,要在心里有竹子的形象,比喻做事之前心里已经有了主意。)

这里是说画竹子时不能机械地堆砌叶子、描画竹竿,而要先观察竹子整体的形态,根据每根竹子的特点去画。作画之前的观察与思考很重要,否则画出的画没有灵魂,更成不了大师。

文与可画的竹子名闻天下,每天总有不少人拿着贵重的丝绢去登门求画。文与可对这种事感到很厌烦,每天要应付这么多人,还怎么安静作画啊。于是,他把丝绢扔到地上,骂道:"我要拿这些丝绢去做袜子!"你们别送了,送了我也不会记得你们是谁!

如此"嚣张",必定有他"嚣张"的资本,他又是怎样成为一代名家的呢?

文与可为了画好竹子,不管是炎热的夏天,还是寒冷的冬天;不管北风那个吹,雪花那个飘,还是大雨倾盆,小雨淅沥,他都毫不在意,一个劲地往竹林里钻。

三伏天气,人被烤得像蒸笼上的鲜肉大包,他却跑到竹林里,纹丝不动地站在阳光底下观察竹子的变化。他忽而用手指头量一量竹节有多长,忽而又数一数竹叶有多少,忽而蹲在地上观察露出的竹根,忽而又仰着头凝视竹子的形态。不知不觉,他头上的汗珠"啪嗒啪嗒"地滴入了竹林的土壤中,身上的衣服早已湿透。可他并未在意,仍然痴痴地盯着竹子。

有一次,狂风大作,乌云密布,电闪雷鸣,暴风雨将会来得很猛烈。在田间、竹林劳动的人看到这种天气都赶紧往家中跑。跑着,跑着,大雨开始从空中倾倒下来,大家都在抱怨该死的天气。忽然,他们看到有个人戴着草帽,急急忙忙地朝相反的方向小跑,并一头钻进竹林里。暴风雨对他没有任何影响,"大风带着我摇摆,大摇大摆漂在人海"。

这个看起来有点傻的人就是文与可,他不顾路滑雨大,上气不接下气地跑进竹林,他要抓住这难得的机会观察狂风暴雨中的竹林、竹叶、竹根,用心记下竹子在风吹雨打中的各种形态。

经过多年的观察与研究,文与可对竹子在一年四季中不同的形态变化、在晴雨寒雪天气中的颜色与形态、在烈日下与月光中的区别、不同种类的竹子有哪些不同的特点等,都摸得一清二楚。在画之前,他心里早就有了各种形态的竹子,画时根本不需要画草图,下笔后便一气呵成。

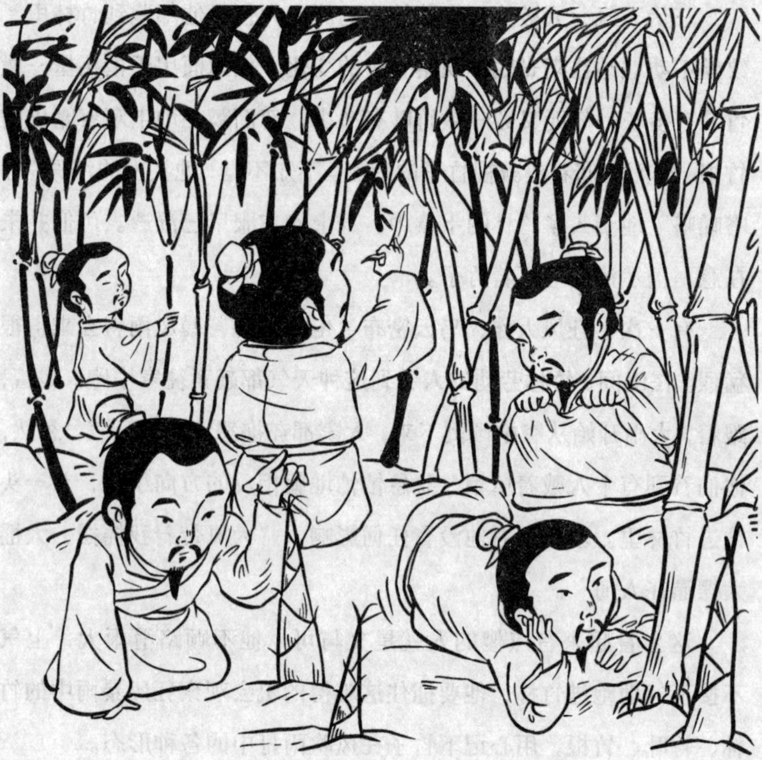

文与可作画与春秋战国时期郑国的音乐大家师文弹琴，完全是一个套路。年轻的师文听说鲁国出了一位才华出众的音乐家师襄，就离开郑国去拜师襄为师。师襄手把手教了他三年，师文竟然一首曲子都弹不出来。师襄连连摇头说："凭你这悟性，恐怕很难学会弹琴了，你还是回家吧！"

师文这时放下琴，说道："老师，我并不是不能弹曲子，而是我想用曲子来宣泄心中的各种情感，表现天地万物的声音。但是我暂时还拿捏不准情感与声音，所以不敢放手去拨弄琴弦。请您再给我一些时间，看看我能否有长进，好不好？"

师襄没太听懂，这小子以为自己是谁啊？弹不出来还有这么多乱七八糟的理由。暂且留下他吧，看看他能搞出什么花样！

过了一段时间，师文去拜见老师，他淡定地弹起一首曲子。师襄听呆了，这不是音乐，这是四季的变化，音乐一会儿如温和的春风拂过脸庞，一会儿如夏天的骄阳炙烤身体，一会儿秋风萧瑟寒意起，一会儿又雪花飞舞万里飘。一曲肝肠断，天涯何处觅知音？

师襄张大了嘴巴，不可思议，不可思议啊！他惭愧地说道："原来琴还可以这么弹，当初我错怪你了，那些音乐大家们也无法超越你了。我得跟你学习，拜你为师啊！"

师文将自己长期对自然万物的观察与内心各种复杂的情感体验，融入音乐中，用心弹出了乐曲的灵魂。

有文与可作画与师文弹琴的这种精神，就算是去耕田种地，也能成为农业大师。

王冕·黑夜给了黑色的眼睛，我却用它来寻找光明

一个小孩蹲在村里的私塾窗户下面，穿着引领当时穷人小孩的主流时尚——破烂"洞洞衣"。他的光脚上沾着泥巴，手里拿着一根赶牛用的藤条，正在专心致志地听私塾的老师教小朋友们识字读书。他微微探出头，偷偷地瞄一眼那些汉字，真的太美了，像村边溪水里的蝌蚪和小鱼，又像山林里的蘑菇和树叶，各色各样，妙趣横生。

私塾里的老师瞟了一下他微微露出的头，严肃的脸上荡漾出些许笑意。窗边的小男孩每天都来听课，看样子是因为家里穷上不起学而来这里偷听的。唉，这世道，我的学费也不贵啊，他家里居然连这个都交不起。随他去吧！大家活得都不容易。

傍晚时分，夕阳西下，私塾里的孩子们欢快兴奋地跑出来，终于放学了。窗边的小男孩还沉浸在老师讲的课文中，不知不觉地往家走。

"牛呢？"父亲看着低头走到家门口的小男孩，着急地问。

"呃，牛？"小男孩抬头一看，父亲的脸上布满了怒火。

他因为听课太投入，把牛忘在了草地里。

一家人找了半天，好不容易把牛找回来，父亲极力压制的怒火这时喷薄而出："看我不打烂你的屁股！"这已经不是你第一次丢牛了，万一牛找不回来，用什么赔偿主人家？

一声声的惨叫，仿佛铁锤一般重重地砸在母亲的心上。她跑过去拉住了父亲，劝道："孩子他爹，别打了，再打孩子就废了。既然孩子这么喜欢读书，何不由着他呢？以后牛就由我来放吧！"

父亲停下手中的棍子，儿子的屁股早已开了花。

"唉，不是家里没钱嘛！谁不想自己的孩子能读点书呢？"父亲瘫坐在凳子上，看着儿子的屁股上流出了血，无奈而悲伤地说。

"爹，要不我到寺庙里去吧！我可以一边帮师父们干活，一边读点书。"小男孩在放牛的时候，去过不远处的寺庙，发现寺庙里面不仅有藏书，还格外清静。如果能去寺庙里帮忙干杂活，自己估计也不至于饿肚子了，又不用出家当和尚。一举多得，何乐而不为？

父母想了想，也许是个不错的主意，你能养活自己就好，于是他们同意了。

从此，小男孩寄住在寺庙里，白天空闲的时候他偶尔去偷听老师上课，晚上就在庙里读书。

没有灯怎么办？难不倒我！

佛像面前的灯，晚上一直燃烧着，虽然亮度比不上正常的油灯，但总比萤火虫、月亮什么的光亮多了，还不受天气与季节的影响。就是有一点不好，晚上那里太吓人了，外面漆黑一片，树林中时不时传来野兽的叫声，周围都是表情严肃的罗汉雕像，大人坐在这里都会心惊胆战。

小男孩也害怕,但他更害怕没书读。为了赶走心中的恐惧,他便大声朗读书上的内容,一直读到天亮。

就这样,他一边听书,一边抄书,一边看书,日子过得飞快。后来他参加科举,虽然没有考中,但他并未自暴自弃,继而钻研诗画,终于成了元朝末年有名的画家、诗人、篆刻家。他就是王冕。

第五章

君王学习也疯狂

古代的社会风气跟皇帝的喜好有很大关系,"楚王好细腰,官中多饿死"。春秋时期,楚灵王喜欢纤细的腰身,所以朝中的一班大臣、美女,唯恐自己因腰肥体胖而失去宠信,于是每天只吃一顿饭用来减小自己的腰身。他们穿衣服的时候先屏住呼吸,然后把腰带束紧,再扶着墙壁站起来。大家争做"纸片人",楚灵王也成了"活死人",沉迷享乐,渐渐失去民心,最终被人赶下台,上吊而死。

帝王如果不读书学习,整天沉迷于低级趣味,不仅治理不好国家,还可能丢掉性命。

熊绎·肺被气炸了，应该怎么办？

楚国国君的祖先叫鬻熊，他自幼习文练武，有治国安邦之才，却一直没有机会施展。一直到九十岁，鬻熊仍然雄心勃勃，不建功立业死不瞑目！正好姬昌（后来的周文王）要干一番大事业——讨伐商纣王，需要"招聘"天下英雄，他听说鬻熊很有才能，就前来拜访。

九十岁的鬻熊见到姬昌，高兴地说道："久仰久仰，我正想去投奔您，没想到您亲自过来了，真是我的荣幸！"

姬昌一看，这老头比我爸还老，脸上的皱纹都能夹死苍蝇了，他能帮到我吗？想到这儿他不禁皱起了眉头。

鬻熊看到姬昌的表情后想：看来不拿出点真本事，你是不知道咱的厉害，是时候展现真正的技术了！于是，他大谈治国用兵之策。

姬昌听完后，目瞪口呆，多么精辟的见解，多么深入的分析，任用这样的人何愁不成大事？他立马拱手谢罪："老人家果然有雄才大略，刚才是我太无礼了，来，坐我的车，咱俩一起回去！"最终，鬻熊凭借自己的才能成为周王朝的开国功臣。

到了周成王时期，周成王想通过分封功臣的后代来笼络人心，他想起了曾经劳苦功高的鬻熊，于是找到他的曾孙熊绎，正式封他于楚地。当时分封的诸侯也分三六九等，有公、侯、伯、子、男五等爵号，熊绎被封为第四等爵号——子爵，称为楚子，居住在荆山一带，国都设在丹阳（今湖北省秭归县），这就是春秋战国时期楚国的前身。虽然这个时候的楚国并不大，还处于荒蛮之地，可也算是一个诸侯国了，熊绎大小也是个王了。

楚本意为荆，荆是一种落叶灌木，在南方随处可见，楚国人便以"楚"作为国号，并往往以"荆楚"连称。因为楚国地处偏远之地，中原国家的诸侯们称楚国人为"荆蛮"。

一天，周成王因为打了胜仗，心血来潮，想搞个盛大的"狂欢会"，邀请诸侯们都来一起乐呵乐呵。楚国有史以来将第一次以诸侯国的身份出席朝廷召开的大会，熊绎很兴奋，咱也能见到大王了。他精心打扮一番，容光焕发，精神百倍，早早地来到宴会现场。看着宴会的排场，他好比一个土老帽进了大都市，啧啧称叹，好家伙，这里可比楚国热闹多了。

感谢大王给我这次机会，熊绎脑子里幻想着如何跟大王握手，如何跟大王"合影"，幻想着大王拍着他的肩膀说，小熊同志，好好干，有前途！

哈哈，哈哈！想到这里，熊绎不好意思地笑了。

可现实却立马对他"啪啪"打脸，醒醒啊，大熊！

负责招待的大臣引导诸侯们进场入席，大家都按次序"排排坐"，熊绎感到很奇怪，怎么没人请我进去呢？难道没人看见我？难道我今天不够帅？

说着就要往里走，招待的大臣拦住他说："那个谁，你和东夷鲜牟（一个小诸侯国）的国君一起到会场帮忙，摆放香草、木牌。

做完之后,你们两个再去看守宴会大厅前的火堆,别让它灭掉,否则,大家吃饭时都看不见了,你们的小命不保,听到了没?"

熊绎一听,感觉莫名其妙,以为是招待大臣找错人了,我像仆人吗?于是他连忙解释道:"我是楚国的诸侯,你是不是搞错了,我正要进去入座呢!"

招待大臣还没等熊绎讲完,鼻子里就"哼哧"一声,露出鄙视的眼神,哈哈大笑:"我怎么会搞错?知道你是楚子,今天侯、伯以上的诸侯才有资格入席,你一个小小的楚子,又是荆蛮之地来的,也有资格跟他们坐在一起?你是来搞笑的吗?"

"你……"熊绎气得满脸通红,握紧了拳头,恨不得一拳打掉对方那两颗带着黑渍的大门牙。

"还站在这里干什么?这是天子的命令,不得违抗,快去!"招待大臣并没有理会熊绎的表情与愤怒,呵斥了他一声,就进入宴会厅忙去了。

熊绎的肺都要气炸了,但在如此场合,他也不敢发作,只得忍气吞声,这一顿饭吃得他一肚子气。

楚国大臣们以为自己的君主受到了周天子的隆重接待,等熊绎回来后,便排着长队迎接熊绎。很多人有一肚子的话想问国王:周天子长什么样啊,周朝的排场如何啊,吃的都是些什么山珍海味啊……

可看到熊绎如猪肝般的脸,大家什么都不敢问了。平时走路昂首挺胸的大王今日为何如同丧家之犬?回到宫殿,众大臣坐下后,熊绎长叹一口气,将自己在天子宴会上受到侮辱的事情细细说了一遍。大家越听越气愤,这不是欺负我楚国弱小吗!岂有此理!岂有此理!

熊绎看到大家的情绪被调动得差不多了，就将一路上深思的问题说了出来："生气没有用，愤怒也没有用。我楚国如今的确财富缺乏，兵微将寡，不是别人的对手。要想赢得别人的尊重，还得自己努力，我们必须让楚国强大起来，强大到让大家都害怕，强大到谁都不敢忽视。"

大臣们听完他的话后，慷慨激昂，大王说得是，请大王带着我们干吧！

说干就干，普通人受到如此侮辱，肯定要借酒浇愁一阵子，最后该干吗还是干吗。熊绎却借机调动了整个楚国人的积极性，将大家紧紧团结起来，同仇敌忾，奋发图强。

从此，熊绎带领楚国人进行了荒蛮地区大开发，在自然条件极差的荆山开垦荒地，筚路蓝缕，以启山林。（筚，指的是荆、竹、树枝之类。路同"辂"，就是大车。用竹子编织的门叫筚门，用竹子编成的车叫筚路，是穷人家用来辅助运柴草的车子。蓝缕即"褴褛"，指破烂的衣服。"筚路蓝缕"的意思是就地取材制成车子，驾着简陋的柴车，穿着破烂的衣服，去开发荒山野林，形容创业艰苦。）

在受到挫折和侮辱的时候，能够重新站起来，奋起直追，正是顶级学霸应该具备的品质。

经过历代楚国君王五十多年的艰苦奋斗，楚国的疆土不断扩大，财富日益增多。有了钱有了地，枪杆子就多，腰杆子就硬，楚国的综合国力越来越强，后来成为江汉一代的霸主，时不时也对中央王朝翻翻白眼，进贡都懒得进了。我凭啥给你交税？

此时的周王朝已是周昭王当政，他不能容忍底下有如此放肆的下属，如此目无天子的人，不打他个落花流水，我以后还怎么在诸侯王中发号施令？我要御驾亲征，让大家看看，不听话的人是怎么死的。周昭王以为楚国还是那个野蛮部落，中央军一到，就能把他们吓跑。

其实，楚国经过历代人筚路蓝缕式的大开发，早就换了人间。

周昭王第一次御驾亲征没有成功，他咽不下这口气。过了三年，他又率军南征，还带上了能征善战的御林军——守卫周王朝京都镐京的王牌部队。结果中了楚国人的埋伏，大败而归。周昭王在天下人面前脸面丢尽，岂能甘心？被一个小弟打得如此狼狈，以后还怎么当老大？不行，无论如何都得打赢。

豁出去了！

周昭王将京城的王牌部队再次全部召集起来，第三次攻打楚国，这次不幸掉进了楚国人的包围圈，中央部队被歼灭大半。周昭王在逃命的过程中，也不幸落江而亡。

这一仗，打掉了周王朝的威望，也打通了楚国的称霸之路。

齐威王等·我是你们的前行"发动机"

战国时期出现了"百家争鸣",儒家、法家、道家、墨家、阴阳家、纵横家等各家学霸,纷纷阐释自己最新的研究成果,极力劝说君王们采纳自己的主张,犹如大型相亲节目,让各国的大王为他们投票打分,盼着与大王牵手成功。

有一座学校成了相亲节目的中心舞台,成了大家向往的圣地。

春秋时期的齐国由姜子牙建立,经过历代君王的努力,齐国成了一个实力雄厚的诸侯国,这个国家文化开放包容,百姓生活富足。在齐桓公(历史上有名的公子小白)时期,邻近的陈国王宫发生了内乱。陈厉公的儿子妫完一看,待在这里迟早要完蛋,走吧,走吧,为自己疲惫的心找一个家。于是,他逃到了齐国。

齐桓公想起自己年轻时逃亡的经历,非常同情妫完,想封他为卿(高级官员,亲近之臣。卿在甲骨文中的字形像两人相对而坐,一起用餐,表示两个人关系比较亲近。古时君王为了拉近与大臣之间的距离,称亲近的大臣为卿或爱卿)。但妫完知道后比较冷静,他知道枪打出头鸟,来到别人家的地盘就得低调,能混口饭吃就行了,于是他谦虚地说道:"我作为寄居在外的人,能活下来,是您给我的恩惠，我不敢再担任如此高官。"

齐桓公听后点点头，嗯，这小伙子不错，不仅谦虚低调，还很有谋略，就让他做工正之官（管理工人的小官，类似于市场监督管理局的局长）吧，并封给他一个叫"田"的地方。

妫完很懂政治，他马上把自己的姓改成了"田"。一来可以隐姓埋名，躲避陈国王室的追杀，二来表示自己永远效忠于齐桓公——看，我非常珍惜您给我的地方，连名字也一并改了。

但是田完终究遮不住自身的光芒，齐国大夫齐懿仲看中了田完，想把女儿嫁给他。据说为了评估未来女婿的价值，看他是不是潜力股，齐懿仲还使用了占卜。占卜的结果与后来的历史发展高度一致：说田氏家族五代之后，必定会飞黄腾达。八代之后，地位没人比得上。

好兆头啊！好女婿，别走了，以后这里就是你的家。齐懿仲立刻将女儿嫁给了田完。

这个占卜十有八九是田完的后世子孙编出来的。

经过后世子孙多年的发展与经营，田氏家族成了与齐国七大家族并列的名门望族，最后田氏赶走或杀死了其他家族的人，成了左右齐国国君"选举"的唯一大族。权力的稳固激发了田氏家族的野心，田完的后世子孙田和将当时齐国的大王齐康公赶到临海的一个海岛上，只给他提供一些"人道主义"的物质帮助，以便姜姓子孙能够祭祀齐国的祖先（"食一城，以奉其先祀"）。

田和赶跑齐康公后，有了飞一般的感觉，江山也得轮流坐，我不来坐谁来坐？于是他迫不及待地自立为国君。为了尽量减少齐国人的不适应，他仍然沿用齐国的名号。后世的人为了区别春秋时期的齐国，称战国时期的齐国为"田齐"。从此以后，姜太公建立的齐国成了田姓家族的了。

田和完成了从大夫到齐太公的华丽转型。他去世以后，长子田剡即位，即齐废公。但是君王的宝座太诱人，田和的次子田午不服气，凭什么大哥做大王，而我不能？于是，田午发动政变杀了田剡。他先立大哥年幼的儿子田喜为君王（实由田午摄政），意在告诉大家，并不是我想当大王而杀了哥哥的，实在是哥哥无法治理好国家，祖宗的江山不能毁了吧？

大臣们看到这儿点头称是，你说的都对！

等到权力稳固，田午逐渐铲除了不听话的人之后，又杀了侄子田喜，自立为君。田午成了战国时期田齐国的第三位君主，用的名号也是齐桓公，因为容易与"春秋五霸"之一的齐桓公姜小白混淆，他又被称为"田齐桓公"或"田桓公"。与齐桓公同名号不同姓氏。

相互残杀，争名夺利，在春秋战国时期成了一种时尚新潮流，大家早就见怪不怪，也懒得管了，谁来做君主无所谓，只要我们有吃有喝就行（"彼窃钩者诛；窃国者为诸侯"）。

此时的齐国危机四伏，没了春秋时期的实力与光芒，周边的国家也对它虎视眈眈。怎么才能发展壮大我齐国呢？如何吸引全天下的人才前来齐国为我所用呢？

一天，田午路过齐国国都临淄的一处城门——稷门，这个地方地势平坦开阔，适合造房子，有很多南来北往的人，经商的、游玩的、走亲戚的等。田午的脑袋突然灵光一闪，有主意了！

何不在这里建一所学校？聚集天下有学问的人、想学习的人，给他们提供优厚的待遇，并尊重他们的建议，做到以待遇留人，以感情留人！

对，就这么干！田午命人在临淄城的稷门附近建造了一座学宫，因此得名为"稷下学宫"。世界上第一所由官方创办、私家主持（产权与出资是官方的，私人来经营管理）的高等学府就这样诞生了。

学生在这里，不仅能读书学习、发表见解，还有吃有喝有房住，闲暇时刻，还能喝杯小酒唱首歌。一旦自己的政治主张受到齐国君王的重视，自己立即就能飞黄腾达入官场。读书人一看，广告做得好，不如去稷下学宫受到的待遇好，他们纷纷涌入学校。经过田氏子孙们的共同努力，稷下学宫最终成为"百家争鸣"的中心地带，成了黄老学说的核心产区，更成为天下读书人与后世文人向往的圣地。

田午统治期间，齐国总算安定下来，剩下的发展就交给子孙了。历史上著名的齐威王（田因齐）登场后，他一出手就是撒手锏。他先明里装作沉溺酒色歌舞，暗地里却在调查官员们的言行。第二年，他火速召集七十二名地方官到朝廷，用大锅煮了没有政绩、只知贿赂收买朝廷官员以求得赞誉的阿大夫以及大批昏庸无能的官吏，然后又树立先进典型，表彰、奖励受人毁谤实则政绩优秀的即墨大夫。从此，齐国大臣都老老实实办事，踏踏实实做人，再也不敢文过饰非，大搞形象工程、形式主义。所有人都可以指出国家治理及各级官员的错误与缺失。

为了广开言路，齐威王扩建稷下学宫，向各国人才伸出橄榄枝，只要你们来，要什么有什么。这时稷下学宫的规模比田午时期更大，阵容更豪华。稷下学宫里有一种学说——黄老之学，吸引了齐威王的注意。

黄老学说主张无为而治。君王当政期间，不要对老百姓过多地干涉，不给他们过多的条条框框，当政时不要没事找事，不要把手伸得太长。而且真正的黄老之学并不主张什么事都不做，而是什么事该做、什么事不该做、什么事急着做、什么事缓着做要弄清楚。刻意为之不如顺其自然，要留给大家充分的自由与时间。

齐威王运用黄老之学治理国家，从容纳谏，开创了齐宣盛世，齐国的实力也越来越强。

尝到学问甜头的齐威王，更加重视稷下学宫的建设，他"开第康庄之衢"，修起"高门大屋"。对于那些具有真才实学的人，他授之以"上大夫"的称号，让他们享受大夫的政治地位和工资待遇。

最令人才们激动的是，齐威王给他们充分的时间与自由，鼓励他们著书立说，并让他们定期开展学术讨论，激发他们参政、议政的热情，也非常注意吸收这些人的建议与看法。

齐威王虽然重视黄老学说，但也重视阴阳家、儒家、墨家、名家等各家的学说，只要你们说得对、说得好，对国家有帮助，我统统采纳。稷下学宫里不搞圈子文化，不搞山头主义，也不搞学术崇拜。在这里，允许大家相互辩论，相互发难，真理越辩越明。一时间，稷下学宫成了"百家争鸣"的核心地带，大家相互学习，不同学说在这里相互融合。

天下的人才们都知道，到齐国，跟着齐威王有肉吃，有面子，有位子，更有里子。

齐国成了"新一线"强国，傲视群雄。

齐宣王继位之后，更是喜欢下大手笔。他将稷下学宫推向了鼎盛时期。只要来到稷下学宫的就是主人，学生要什么他就给什么，房子、车子、票子全部给配齐，只需要你们好好研究学问，不需要做官员的烦琐工作。在该发议论的时候发议论，对国家各方面的治理难题提出自己的解决方案，君王、大臣们视情况予以采纳，即使不采纳也会予以表扬。齐宣王将稷下学者们当成了智囊团,遇到难题,就请大家坐下来发表意见。于是,稷下学宫又成了一个政治咨询中心。《史记·田敬仲完世家》记载:"宣王喜文学游说之士,自如邹衍、淳于髡、田骈、接予、慎到、环渊之徒七十六人,皆赐列第,为上大夫,不治而议论。是以齐稷下学士复盛,且数百千人。"

齐国的文化软实力与经济硬实力飞速提升,成了能够与秦国比拼的东方大国。

齐湣王继位以后,虽然仍旧重视稷下学宫的建设,但是很少采纳学者们的建议。他抛弃了黄老无为而治的束缚,掀起了秦齐争霸斗争。发动垂沙之战,大败楚国;发起函谷关之战,大败秦国。吞并了富有的宋国,还狂妄地自称"东帝",甚至想要直接独吞了周王朝,自称天子。因为四面树敌,连年战争,历代君王们积累的财富很快被他挥霍一空。

先王们把钱用在了对人才的教育上,他用在了发动战争上。稷下学宫里有个性、有本事的人纷纷出走,既然君王不听建议,待在这里也没有意思,我们需要钱,但更需要尊重。

齐湣王不爱读书,爱砍人,其他国家的君王火了,你要是"东帝",我还"西狂"呢!到处抢劫,你以为你是谁?于是秦、燕、魏、赵、韩五国组成联军,大举进攻齐国,拿下齐国七十二城。齐湣王一下子慌了,"东帝"要东躲西藏了,逃吧!

逃?看你往哪里逃!楚国的将领淖齿抓住并处死了齐湣王。

后来,传奇名将田单利用火牛阵与反间计光复齐国,齐襄王继位。齐襄王虽然努力发展稷下学宫,但是稷下学宫再也回不到从前的规模了。齐国的国力已经不足以支撑学宫的规模与辉煌。齐襄王

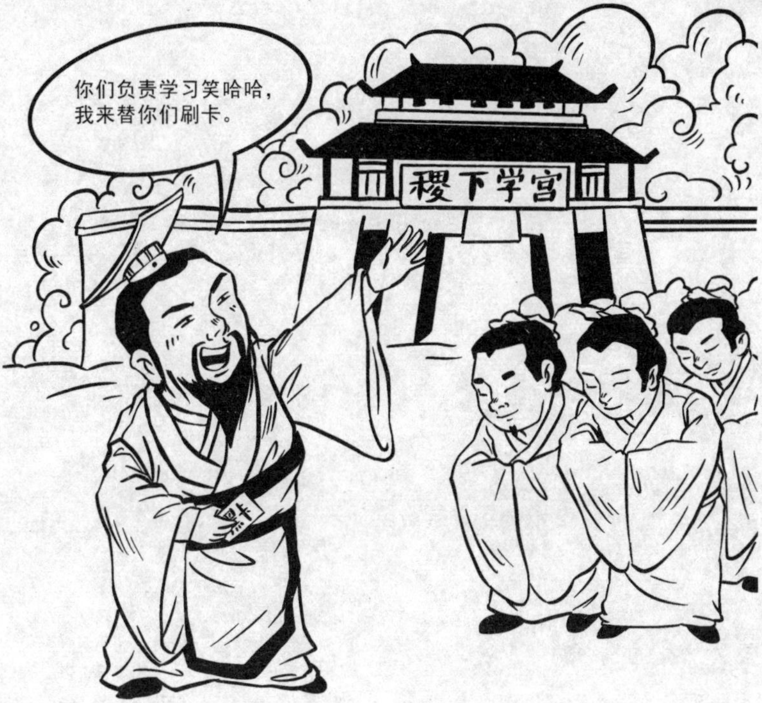
你们负责学习笑哈哈，
我来替你们刷卡。
稷下学宫

的儿子齐王建继位后,稷下学宫也未能得到进一步的发展。

齐国被灭以后,稷下学宫也谢下了大幕,但它的精神影响了齐国乃至整个中国,成了后世无数读书人怀念的地方。很多读书人从这里走出去,将百家思想与学宫精神带到了各地。有人成了吕不韦的门客,一起编写《吕氏春秋》;有人成了秦朝的博士,进入新王朝的政坛;有人隐姓埋名,著书立说,让学宫的思想流传百世。

刘秀·这个帅哥皇帝，太完美了

东汉，桐庐，富春江畔，一座背山面水的茅草屋里。

一个白净文雅、英气十足的中年男人摸了摸床上人的肚子，对方感觉肚子上有点痒，翻过身来，醒了。

"哎呀！子陵兄，你就不能出来帮我做点事吗？"英武的中年人笑呵呵地说，心想，这小子还是跟以前一样狂。

床上的人有些惊讶，面前的老同学现在的地位今非昔比，之前他已经命人三番五次地邀请自己出山，现在居然还亲自跑过来。我再怎么清高，礼节还是要有的。

于是他坐起来，打了个哈欠，行完礼，说道："唉，读书人各有各的想法与志向，你又何必老是强迫我做官呢？如果你找我谈天说地，我随时欢迎。如果你找我做官发财，恕不远送！"

中年人身边的保镖火了，没大没小，给你脸了是不是？他准备冲上去，甩给狂妄的乡野村夫一巴掌，却被中年人用凌厉的眼神制止了。

"唉，罢了，罢了。子陵，看来无论我怎么做你都不肯出来帮我，有空来洛阳喝茶吧。"中年人叹了口气，失落地离开了。

后来乡间隐士去过一次洛阳。中年人很兴奋,两人彻夜长谈,仿佛回到了当年在太学寝室开"卧谈会"的时光。

中年人问道:"子陵,你觉得我现在可比以前进步了吗?"

"嗯,好像进步了那么一点点!"乡间隐士依然那么淡定。

"就一点点?"

"就一点点!"

谈着谈着,两人睡着了。第二天,侍卫们看到乡间隐士把脚搭在中年人的肚子上,大惊失色:"大胆,哪里来的村夫,竟敢跟皇上睡在一起?大逆不道!"

"别叫了,这是我的老同学。"中年人轻声地说。

这个好脾气的中年人就是东汉的开国皇帝刘秀,而床上的那个人便是隐居深山的严子陵。他们曾经是太学里的同学。后人都称赞严子陵品格高洁,但没有刘秀的宽容大度,十个严子陵也得被砍得稀巴烂。

在历代开国皇帝之中,光武帝刘秀是一个堪称完美的男人:他学历高、身材好、长得帅、爱情专一、做人低调、善待功臣、爱护百姓、知识广博、出口成章……

论出身,刘秀是汉高祖刘邦的九世孙,拥有纯正的贵族血统。论长相,他身长七尺三寸,美髯眉,大口隆准。不仅个子高,脸蛋还俊朗有形,对比刘邦跟朱元璋的长相,他简直帅呆了。

论学历,他是正宗的太学学生。当时的太学堪比现在的北大、清华,是世界教育史上有确切文字记载的第一所官立大学。虽然后来由于家庭与环境的原因他中途退学了,没能拿到"学士学位",但他始终坚持读书,即便在行军作战的紧要关头,他也总是拿着一

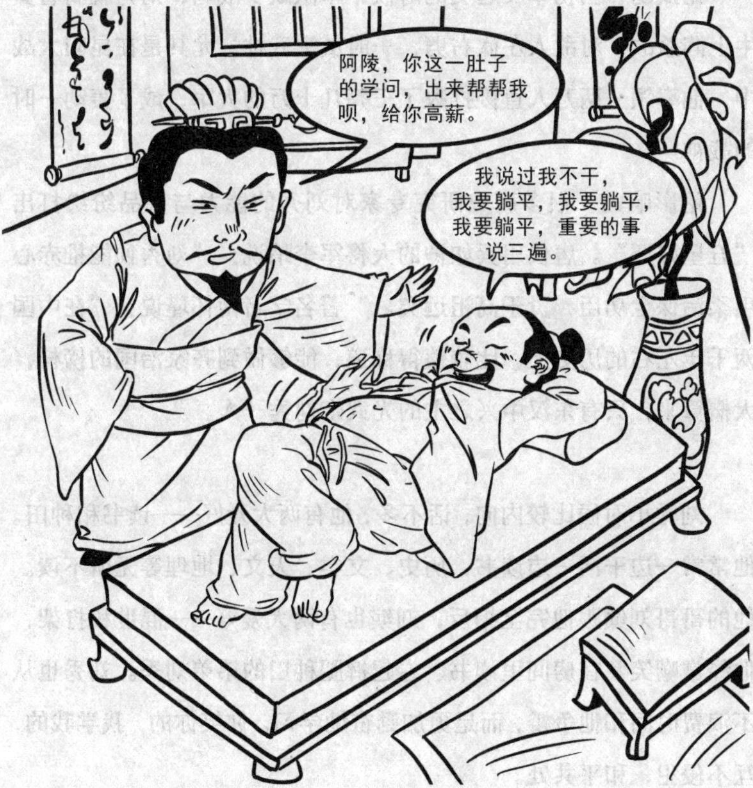
阿陵，你这一肚子的学问，出来帮帮我呗，给你高薪。
我说过我不干，我要躺平，我要躺平，我要躺平，重要的事说三遍。

本书不肯放下来。他的文化水平超过了历朝历代的开国帝王。

论爱情,他与阴丽华两人的感情也堪称模范。虽然皇后郭圣通因为自身等各方面原因被废,但刘秀与阴丽华给了她极高的待遇,并没有将她打入冷宫,还让她跟自己的儿子一起生活,对郭圣通全家也是仁至义尽,优待抚恤。

论武功,当初率兵起义的时候,军队缺少战马,刘秀就骑着黄牛上阵杀敌,对敌人左砍右劈,一时威震武林。尤其是在昆阳大战中,他率领一两万人直接打败了王莽几十万的大军,成了轰动一时的战神。

论影响力,很多历史研究专家对刘秀的能力与人品纷纷打出"五星好评"。唐代用兵如神的大将军李靖说:"刘秀独能推赤心用柔治保全功臣,贤于高祖远矣。"著名学者南怀瑾说:"在中国两千年左右的历史上,比较值得称道,能够做到齐家治国的榜样,大概算来,只有东汉中兴之主的光武帝刘秀一人。"

刘秀小时候比较内向,话不多,他有两大爱好——读书和种田。他常常一边干活一边读书,历史、文学、天文、地理等无所不读。他的哥哥刘縯跟他完全相反,刘縯也有两大爱好——混世和打架,他经常嘲笑窝在房间里读书、卷起裤腿种田的弟弟刘秀。刘秀也从不浪费时间和他争辩,而是更加勤奋地学习。你笑你的,我学我的,互不侵犯,和平共处。

进入太学之后,刘秀拜大学者许子威为老师,跟着他攻读难度系数很高的《尚书》,结识了邓禹、朱佑等一帮有学问的同学。后来,天下大乱,他和哥哥同时起义,刘縯因为风头太过而被人陷害致死,博览史书的刘秀因为低调谦虚而成了最后的王者。

建立东汉王朝以后,刘秀特别重视文化教育。他经常跑到太学里和学生们亲切交谈,还关心大家的饮食起居:吃得好不好啊?住得好不好啊?有没有什么困难啊?学习感觉怎么样啊?有问题跟朕说,朕现场办公,立马解决!

为了让大家有更多的好书可以读,刘秀建设了国家图书馆、公立学校、私立学校……

在学霸皇帝的支持与鼓励下,东汉初期,天下人纷纷以读书为荣,造就了中国历史上"风化最美,儒学最盛(梁启超评价)"的时代。

当年,刘秀派耿弇去攻打占据山东青州十二郡的豪强张步,耿弇连续攻下了祝阿、历下和临淄。张步知道后急疯了,亲自带兵反攻,双方在临淄城外进行了一场激烈的肉搏战。战斗中,耿弇大腿上中了一箭,他随即上演了武侠剧中经典的一幕——抽出宝刀,砍断箭杆,继续战斗。耿弇的部将认为张步兵力强大,建议耿弇暂时休战,等待刘秀的援兵。

耿弇坚决不同意,自己的事情自己干,三分天注定,七分靠打拼,爱拼才会赢。经过激烈的战斗,他终于打败张步。几天后,刘秀来到临淄慰劳军队,当众对耿弇竖起了大拇指,夸奖道:"昔韩信破历下以开基,今将军攻祝阿以发迹,此皆齐之西界,功足相方。……将军前在南阳,建此大策。常以为落落难合,有志者事竟成也。"意思是过去韩信攻破历下,开创高祖基业,现在将军你攻克祝阿,连战连捷,跟韩信有得一拼。从前你在南阳时,曾请求平定张步。当时我以为你口气太大,恐怕难以成功,如今才知道,有志者事竟成啊!("有志者事竟成",出自《后汉书·耿弇传》,意思是有志向的人,做事终究会成功。)

之前耿弇毛遂自荐要收服张步，刘秀考虑到自己的实力不够，没有同意。现在属下成功了，刘秀没有抢其功劳，而是检讨自己，从前是我小看了你。

只要发现属下的优点，刘秀就会及时进行表扬。

吴汉是刘秀手下的一员大将，平时不太喜欢说话，但是他作战勇敢，精力旺盛。每次外出打仗，他总是紧紧跟着刘秀，只要老大没睡，他就一直站在门口守护。有一次，刘秀的军队打了败仗，将士们情绪低落，个个懒得动弹。吴汉仍像平时一样带领部下整理武器，检查装备，不气馁，不放弃！

刘秀看到这个画面，对身边那些耷拉着脑袋、低垂着眼睛的将士们说道："吴公差强人意，隐若一敌国矣！"（整体来看，总算还有吴将军令人满意，拥有了吴汉，好比得到了一个国家！由这句话引出成语"差强人意"，意思是勉强还能使人满意，但很多人将此成语误解成不能让人满意。）

刘秀不仅对属下宽容仁爱，对那些前来投降的人，他也爱护有加。

西汉末年，绿林军拥立汉室宗亲刘玄为帝，史称更始帝，此刻的刘秀只不过是刘玄手下的一名将领，因为屡立战功而被封为"萧王"。当时的起义军并不只有绿林军，掌控河北地区起义军的领袖叫王朗。经过一番较量，王朗被刘秀打败，他的部将带着很多人前来投降刘秀。这些人原本就是惊弓之鸟，每天提心吊胆，会不会突然被萧王坑杀呢？会不会在萧王那儿低人一等呢？萧王会不会真心待我们呢？

刘秀为了打消降兵们的顾虑，一人骑着马，不带保镖，不带武器，向降兵们的驻扎地走去。投降的将士们看到后不敢相信自己的眼睛,那个赤手空拳、骑着马的英俊小生不就是打败我们的萧王吗?他怎么敢一个人大摇大摆地来我们这里巡查?不怕我们干掉他吗?大家聚在一起窃窃私语:"萧王推赤心置人腹中,安得不报死乎!"(《后汉书·光武皇帝本纪》,成语"推心置腹"出自这里,比喻真心待人。)

收服人心嘛,本不需要这么冒险,刘秀完全可以让人把降将们五花大绑地给他带过来,然后流着鼻涕哭着说:"是刘某不才,让各位将军受苦了!"

将士们看到这儿纷纷对他竖起大拇指,如此用心对待投降的人,除了萧王,还会有谁呢?我们还担心什么?跟着他干,准没错!

统一了天下以后,光武帝刘秀重用读书人,虚心倾听他们意见的同时,还能不徇私情。

有一次,刘秀的亲姐姐湖阳公主的奴仆白天行凶杀人,躲到了公主家里,官吏们不敢前去抓捕。湖阳公主性格又比较骄纵,外出的时候,她故意带着这个奴仆随行,以为没人敢挑战她的权威。

时任洛阳县令的董宣听说这件事后,决定严惩凶手。她在湖阳公主的马车必经之地等候,等公主的马车经过,他便站在路中央拦住车,隔着车厢,大声列举那个潜逃奴仆的罪行与湖阳公主的过错。最后,当场砍了那个罪犯的脑袋。

湖阳公主气得脸都绿了,这也太不给我面子了,挑衅,赤裸裸的挑衅!于是她跑到刘秀那里撒泼打滚,哭哭啼啼的同时还不忘添油加醋地数落董宣。在推翻王莽的起义战斗中,刘秀失去了很多家人,所以一直对这个大姐非常宠爱。

刘秀听后马上命人叫来董宣,故意吩咐左右用乱棍将董宣打死。没想到,董宣听后丝毫不惧,还一脸正气地对光武帝说道:"陛下因为英明公正才能复兴汉室，如今公主的奴仆杀人，您却置国家的法律于不顾，这怎么能治理好天下？您无须用乱棍打死我，我自己撞死算了。"

话刚说完，董宣就低下头，"砰"的一声朝宫里的柱子上撞去，顿时血流满面。在场的小伙伴们都惊呆了！

正当董宣晃晃悠悠地站起来，再次冲向柱子的时候，刘秀赶紧命令身边的太监拉住了他。这个董宣，本想吓吓他，让他先服个软，自己再从中做好人，没想到是头犟驴。

于是，刘秀下令让董宣给湖阳公主磕头赔罪，这样两边都好交代。可董宣依旧不买账，他抹着头上的血说："我没错为什么要磕头？如果磕头了，以后还怎么执法？"

嘿，这家伙，有点意思！刘秀想试试对方的底线，于是吩咐左右侍卫按住董宣的脖子，强行让他磕头。只见董宣双手撑地，脖子直挺挺地往上抬，不低头，就是不低头！

光武帝刘秀笑了，好样的！内心已经给了董宣一个大大的赞！

一旁的湖阳公主看到这里受不了了，讥讽自己的亲弟弟："陛下当年做老百姓的时候，隐藏逃犯，官府的人都不敢前来捉拿。现在做了皇帝，连一个小小的县令都没办法惩治吗？"

嘿，此一时彼一时也，如今国家正需要这样的人才嘛！于是他对姐姐赔笑脸道："天子不能跟老百姓那样了。"天子需要以德服人，表彰能臣干吏，怎能为了一己私利置天下于不顾呢？

光武帝当即赏赐董宣三十万钱，称他为"强项令"。从此，董宣打击豪强，从不手软，京城的人称他为"卧虎"。光武帝借此机会，大力提倡气节和操守，提拔并重奖那些有节操、有骨气的官员，塑造典型，设立标杆。让大家明白，官员应该具备什么样的品行和道德。整个社会渐渐形成了崇尚节操和美德的风气。

  东汉初期,跟随刘秀打天下的"云台二十八将"与众多文臣的下场都还不错,原因大致有以下几点:一是刘秀本人的学识丰富,性格柔和沉稳,自己能文能武,又低调宽仁,自然不会嫉妒臣下的才华与智慧。他上台之后,采取优待武将的政策,赐给你良田美宅,让你有享不尽的荣华富贵,你还会去叛乱吗?二是刘秀手下的文臣武将大多是博学多才的儒士,懂得进退,不会因为战功而骄傲自大、目中无人,给足了皇帝面子。三是刘秀只宠爱糟糠之妻阴丽华,阴丽华与刘秀一样喜爱读书、知识渊博、仁义爱民,不与其他妃子争宠吃醋,后宫没有无休止的妃子争斗,也没有出现过为争夺太子之位而导致的大规模流血事件。大臣们基本没有牵扯进妃子之间、皇子之间的复杂斗争中。

曹操等·感动三国的最美读书人

一本《三国演义》道尽了战争中的智慧谋略与人性的优劣,清太祖努尔哈赤对这本书爱不释手,还特地命人把此书翻译成满文,让儿子、将领们人手一册。三国的那些人物为何如此聪明?又为何如此厉害?因为他们从领导到属下都很爱读书,并懂得从书里记载的事情中汲取经验教训,加以活学活用。越是战乱年代越需要学习真正实用的本领,否则随时会跟阎王爷握握手。纸张的发明也为当时的读书人提供了巨大的便利,让人不用在打仗的时候还带着一大堆笨重的竹简。

下面我们来为那些"感动三国"的读书人物致颁奖词。

第一位:他是三国中读书学习的老标兵,众人笑他是奸臣,他笑众人看不穿。统领兵马三十多年,无论到哪里,他都会带着书籍("御军三十余年,手不舍书")。他还尤其喜好兵法,手抄各家兵书,并对其批注点评,白天对书中的内容活学活用,晚上总结思考。政治、历史、地理、天文,各类书籍他无所不读,老了更加喜欢读书。既能创作诗词歌赋,又能指挥千军万马,他就是集优秀学者、诗人、谋士、统领于一身的曹操。凭借《短歌行》《观沧海》

等雄浑壮美的诗歌和对兵法深入浅出的点评研究，即使他不做枭雄，也可以傲视文学界与学术界。

在他的影响下，儿子魏文帝曹丕从小就开始诵读四书五经，阅遍了《史记》《汉书》及诸子百家著作。诗词歌赋，他能信手拈来；文艺评论，他更是写得精彩绝伦。做了皇帝以后，曹丕特别重视文化建设，下令恢复因为战乱遭到毁坏的太学，建立了国家图书馆，挽救了中华文化。东汉末年，混世魔王董卓放火焚烧了洛阳皇宫，大量珍贵的藏书也一起化为灰烬，造成了无法挽回的文化浩劫。曹丕动员官方力量，重新收集流散在民间各地的图书、典籍和文献，把它们放在皇家图书馆，让文化得以传承。

可惜，弟弟曹植的才华太过耀眼，遮住了曹丕在学问上的光芒。但他做了曹植做不了的事，也应该颁发"感动三国最美读书人奖"。

第二位：他是三国时期的少年才俊，从小就深入学习《诗经》《尚书》《礼记》《左传》《国语》，从哥哥的手中接掌大权后，又专门攻读《史记》《汉书》《东观汉记》以及各家兵法。读着读着，他就从一个懵懂少年变成了有智慧的青年，他的名字叫孙权。

在他的影响下，原本只知道打仗冲锋的大老粗们也爱上了读书，其中一个典型的积极分子叫吕蒙。有一天，孙权看吕蒙在练武，心想，这家伙一身腱子肉，砍人不是问题，就是不爱读书，脑子不太够用，对他培养培养，也许可以成为我的得力干将。于是孙权劝吕蒙："你也可以试着读点书，这样打仗才能更厉害嘛！"

"读书？我天天打仗，事情太多，哪有时间读书？"吕蒙觉得不可思议，我天天在战场上砍人，哪有心情拿几本破书翻来翻去？它能让我不被别人砍吗？

"你这话说得就不对了，现在哪个人不忙？我让你读书又不是让你做学者，难道你有我忙吗？我现在每天挤出时间读历史、看兵法。你有光武帝忙吗？他一天不看书就浑身不自在。你有曹操忙吗？他坐在马车上都在读书。"孙权一连串的反问让吕蒙不停地点头。

"是，是，是，主公批评得是，可我要读什么书呢？"

"你应该读《孙子》《六韬》《左传》《国语》和史书。"孙权结合吕蒙的缺点，开出了一系列书单。然后不忘鼓励一下："你这么聪明，只要坚持读书，一定有进步，我看好你！"

大老粗吕蒙听后激动得眼泪都快流出来了，我一定要好好学习，于是，他开始认真读书，常常读得忘记了吃饭、睡觉。渐渐地，他感觉到，读书竟然如此有趣！一不小心，他就把孙权推荐的书全部背完了。东吴大臣鲁肃一向读书多，知识广，不太看得起粗人吕蒙。一天，他跟吕蒙聊天，忽然发现，那个只会砍人的吕蒙竟然出口成章，还会引经据典，是这个大老粗"发烧"了，还是我"穿越"了？

吕蒙笑着说："自从听了主公一席话，才发觉读书比砍人有意思多啦！"人丑就要多读书。

鲁肃感叹道："士别三日，当刮目相看啊！"三天不见，你就从粗人变成了男神，以后我力挺你！

最终，能背诵多部书的吕蒙击败了只会背一本书的关羽，成为东吴新的明星将领。

第三位：他是无敌于天下的仁者，身上流淌着皇族血脉（只是一直没有用DNA技术鉴定过）。前半生带着兄弟们在外到处讨生活,人家男儿有泪不轻弹,他倒好,一旦有泪就会使劲弹。因为弹得太猛,为他赢得了仁义的美名。不管是寄人篱下,还是大权在握,他始终都没有放弃读书的习惯,精通《汉书》《礼记》《六韬》《商君书》。去世之前,他还紧握着儿子的手,喘着气说:"你要好好读书,我命人给你抄录了《申子》《韩非子》《管子》《六韬》四部书,切记,切记,对这些书要认真反复地研究啊!"

他的名字叫刘备。

在他的影响下,好兄弟关羽也长期钻研《左传》,甚至能把书中的每句话都背出来。一个彪形大汉,拿着砍刀背《左传》,你说敌人可胆战?

蜀汉大老粗王平,斗大的字不认识一个,自从被提拔为小将之后,看到主公刘备喜欢读书,他也紧跟领导的步伐,专门请文化人给自己朗读《史记》和《汉书》。听了很多书的他,最终成长为一代名将,帮助刘备的儿子抵挡住了曹丕的数次进攻,成了后期蜀汉政权的顶梁柱。

智谋与才能怎么来?书中来!会读书、爱读书的人最终大多在大浪淘沙中站稳了脚跟,各自在不同的地方称王称霸。而不喜欢读书甚至讨厌读书的董卓、吕布等人,最后都成了学霸们的手下败将。

皇帝一旦读书,不仅能增加智慧,也能变得更加仁义。

这届获得感动三国最美读书人的是刘备、曹操和孙权。
你哭啥，咱好好读书，不打了。
感谢三国TV~
我激动得都要哭了。
曹操
刘备
孙权
感动三国人物大型颁奖晚会

宋太祖 / 宋太宗等·读好书，世界都是你的

宋太祖赵匡胤在后周皇帝柴荣底下做将军的时候，特别喜欢看书。曾经有个小人在柴荣面前告状："你别看赵匡胤那家伙平时老实低调，他刚刚动用了好几辆车子来搬运私吞的金银财宝。"

真有这事？

柴荣立即派人前去调查，结果发现，赵匡胤的住处的确停了很多辆车子，但里面装的不是金银，而是书籍。柴荣不解地问赵匡胤："你一个武将，带这么多书做什么？"装点门面，也不用这么夸张吧？

"如果不多读点书，就无法想出好的智谋帮助陛下打仗治国啊！"从读书中得到快乐和知识的赵匡胤毫不犹豫地答道。书籍在他心中，比金银财宝更重要。

建立宋朝以后，赵匡胤非常重视图书整理工作，广泛收集各地保留下来的图书，建造文化设施，提倡全民阅读，提拔并重用读

书人。

有一次,他在处理政务时遇到一个难题,便问宰相赵普:"这个问题你可懂啊?"

读书不多的赵普瞬间憋红了脸,什么也答不出来。赵匡胤就叫来翰林学士窦仪,问题一下迎刃而解。看到这儿,他轻轻地叹了口气:"看来,宰相还得用读书人哪!"

捏了一把汗的赵普心想,我要读书,我要学习,不然哪天就莫名其妙地光荣下岗了。说干就干,每天回到家,他做的第一件事就是关起房门,从书箱里拿出《论语》,对这本书反复阅读研究,越读越体会到读书的好处。他发现读书后,第二天上朝处理工作时,原来棘手的问题,现在都不是个事了,皇帝的问话他也能对答如流。

他读书的方法很不错——一门心思专注于《论语》二十年。因为他想着,自己一把年纪,又没有过目不忘的本事,论读书量,肯定比不过那些从小就读书的文人;但论读书精,自己还有机会能成为学霸。在以炫耀读书广泛、学识渊博为荣的文人圈,赵普成了奇葩。大家对他议论纷纷,该不会他是有好书,不愿意拿出来分享吧?真的就读一本《论语》?

赵匡胤的弟弟赵光义(宋太宗)继位后,也感到好奇,他找来赵普问话:"听说你只读一部书,这是真的吗?读的书是不是少了点?"

赵普听后不慌不忙,心想,我读书是少,但读得精啊!他说:"微臣的确就读了一部《论语》,但是,自认为还未精通。不过臣用半部《论语》就可以辅佐太祖皇帝平定天下,现在又可以用它辅助陛下治理天下。"

慢工可以出细活嘛!

赵普死后,家里人打开他那神秘的书箱,里面果然只有一部被他翻烂了的《论语》。赵普"半部《论语》治天下"的口号之后便传开了。

读书多的皇帝往往比较仁慈,比如汉光武帝刘秀、宋太祖赵匡胤等。很多皇帝夺得天下以后,会把前朝皇帝的子孙们杀个干干净净,防止他们造反。陈桥兵变后,大臣们也建议赵匡胤杀掉后周皇帝柴荣的儿子,虽然对方还只是个婴儿。赵匡胤听后摆了摆手:"算了,我抢了别人的位子,又要杀他的儿子,太不仁道了,把他送给别人抚养吧!"

就这样,小孩捡回了一条命。据宋朝人的小道消息记载,这个孩子长大后取名潘惟吉,做了官,当了刺史。

赵匡胤不光对对手仁慈,对待属下也一样。

有一天,他邀请大臣们参加"派对"一起喝酒吃肉,吹牛侃天。翰林学士王著原来是后周皇帝柴荣的亲信,在宴会上喝醉了酒,跳起了醉舞,哭着喊着思念故乡、想念故国。周围的人看到这场面心惊胆战,这不是找死的节奏吗?新皇帝赵匡胤请你吃饭,你想念老皇帝柴荣?

第二天,就有人上奏,王著当众哭闹,思念柴荣,根本不把陛下放在心里,应当处罚他。

王著今宵酒醒,大殿外,寒冷如冰。这下好了,喝酒把小命喝没了!

赵匡胤却不那么想,嘴上不说的,就一定会把我放在心里吗?于是他淡淡地说:"王著不过是喜欢喝酒而已,我之前跟他共同辅佐周世宗皇帝(柴荣)的时候,他就是这个脾气,动不动就爱耍酒疯。况且一个书生，喝醉了思念旧主，又能掀起多大的风浪？"

换作董卓、朱元璋这种类型的皇帝，王著估计早就到阎王殿打醉拳去了。

赵匡胤的弟弟宋太宗赵光义继位之后，也是手不释卷。他还命令文臣李昉等人编写了一部规模宏大的分类百科全书《太平总类》——因为这部书是宋太平兴国年间编成的，所以定名为《太平总类》，收集摘录了一千六百多种古籍的重要内容，分门别类，包罗万象，汇集了各个学科的知识，共一千卷。

宋太宗给自己定下学习计划：每天至少要看三卷，一年之内全部看完，于是更名为《太平御览》——皇帝看嘛，称为御览。

有些大臣觉得皇帝每天要处理那么多国家大事，还强迫自己去读大部头的书，实在太辛苦了。纷纷跑来劝诫，看书嘛，也不一定每天都得看，您要是伤了身体，我们怎么办啊？到哪里找这么好的皇帝。身为皇帝，做做文化人的样子就够了！

你们以为我在装样子吗？宋太宗摇摇头："开卷有益，朕不以为劳也。"（"开卷有益"出自这里，意思是打开书本读书，总会有好处与收获。）

我是真喜欢读书，从书中能得到乐趣、得到智慧，所以，我并不觉得疲劳啊！你们就不要卖力表演了。

宋太宗坚持每天阅读三卷书，有时因国事忙耽误了，他也要抽空补上。由于每天阅读《太平御览》，他的学问十分渊博，处理起国家大事来得心应手。当时的大臣们见皇帝读书如此勤奋，纷纷效仿，整个社会的文化氛围因此越来越浓。宋朝的文化与科技领先世界，和皇帝们的爱好是分不开的。

宋太宗的子孙们更是将爱好读书的优良传统继续发扬光大。

宋真宗跟宋太宗一样好学，还特地写了一首引得无数读书人竞折腰的诗歌——《劝学》：

> 富家不用买良田，书中自有千钟粟。
> 安居不用架高堂，书中自有黄金屋。
> 出门莫恨无人随，书中车马多如簇。
> 娶妻莫恨无良媒，书中自有颜如玉。
> 男儿欲遂平生志，六经勤向窗前读。

你们想要房子、老婆、地位，只要好好读书，用心考试，朕统统给你们！

真土豪，说话就是那么直接、管用！

宋真宗有时觉得一个人读书没氛围，便找学识渊博的人陪他读书，还专门腾出一间宫殿作为这些"同学（侍读官）"的值班宿舍，让他们陪他一起参加宫廷晚自习。这些"同班同学"和皇帝的秘书们（翰林学士）享受同等待遇，吃住一条龙，工资不用愁。

到了宋仁宗时期，宋仁宗为了更深入地理解书中的内容，创立了一项制度——经筵，相当于皇家"一对一"的课外补习班。皇帝召集各个领域的学霸为自己一对一讲课答疑，全天候为自己辅导，以便提升皇帝的自我修养与处理国家大事的能力。这种制度被历朝的皇帝们沿用，是非常重要的宫廷教育制度。

从宋神宗时期开始，经筵官辅导完了，还要给皇帝布置预习作业——向皇帝呈递奏折，提前向皇帝说明自己对所讲内容的理解，也可以借机向皇帝灌输自己的思想和学说。这样既能做皇帝老师搞培训，又可以做朝廷顾问谋大事。

宋仁宗每天定时定点让老师们给他上"私人定制高端课程"，讲解各个学科的知识，渐渐地，他也成了学霸。视野越来越开阔，见识越来越独到，胸怀也越来越宽广，最终成为千古仁君。

宋仁宗到底仁到什么程度呢？

有一次，他散步时时不时地回头看，随从们都很奇怪，皇帝这是干什么？既不明示也不暗示。等到宋仁宗回宫后，他着急地对嫔妃说："快，快倒水来，朕渴坏了。"原来是他散步时流了一些汗口渴了。

看着皇帝咕咚咕咚地喝着水，妃子不解地问道："您为什么在外面的时候不让随从伺候您饮水，而要忍着口渴呢？"

宋仁宗听后说："你不知道，朕屡屡回头，却没有看见他们准备水壶。如果我直接问话，肯定有人要被处罚了，所以就忍着口渴回来喝水了。"他一个小小的举动救了很多的宫女与侍卫。

所谓伴君如伴虎，但在宋仁宗这里基本上是不存在的，因为他从不轻易处罚人。有一天用餐，他正开心地尝着美食，突然"咯嘣"一声，牙齿一阵剧痛，他赶紧把食物吐出来，然后悄悄地对身边的宫女说："千万别声张我吃到沙子了，这对负责准备饭菜的人来说，可是死罪啊！"对待下人的过失，宋仁宗首先考虑的不是自己的不适与难受，而是别人可能受到的责罚。

宋仁宗对地位低下的仆人都能如此宽容，对读书人自然也不会差。嘉祐年间，苏辙参加进士科考试，他不经调查就随意批评时政。他在试卷里写道："我在路上听人说，如今宫中的美女数以千计。皇上既不关心老百姓的疾苦，也不和大臣们商量治国安邦的大计。"

考官们看到后，觉得这还得了，这是无中生有，恶意诽谤！考官们立刻要求惩处这个不知天高地厚的考生。

宋仁宗知道后却摆摆手："朕设立科举考试，本来就是要寻找敢言之士。苏辙很有性格，应该赐予他功名嘛！"

其实苏辙仅仅根据道听途说的传言，便在考试中肆意乱说，犯了个读书人经常犯的错误。如果碰到心胸狭隘的帝王，他不仅会被千刀万剐，还有可能被灭九族。

碰到宋仁宗，苏辙算是遇到了对的人。

宋仁宗不仅对下人、考生仁慈，对百姓也很仁慈。

四川有个读书人献了一首诗给成都太守，主张"把断剑门烧栈阁，成都别是一乾坤"。意思是如果把与外界联系的路毁掉，成都就可以成为一个逍遥自在的王国了。成都太守看到后，觉得这不是在明目张胆地煽动我造反吗？要是被人上报朝廷，我的小命还保得住吗？

紧张兮兮的成都太守立即将那个读书人五花大绑，押赴京城，说诗中有造反的意味。而读书广博、深通人性的宋仁宗看完后却说："这个人只不过急着做官，写一首诗泄泄愤而已，给他个官职就行了。"

狠毒的人从这首诗中听到的是煽动叛乱，宁可错杀一千，不能放过一个；仁慈的人听到的是抱怨牢骚，宁可自己担责，也不滥杀一人。

宋仁宗用极致的仁义赢得了很多人的尊重与敬仰，连自负的乾隆皇帝都说，自己最佩服的只有三个帝王，一是他的祖父康熙玄烨，二是唐太宗李世民，三是宋仁宗赵祯。

仁者早已无敌于天下。

宋仁宗驾崩的时候，老百姓们也崩溃了。京城到处是百姓的哭声，商人罢市，酒馆歇业，文人写诗，大家都自发地用各种方式悼念这位伟大的帝王。洛阳百姓焚烧纸钱的烟雾飘满了城市的上空，导致太阳都看不见了，甚至最偏远的山沟，百姓也头戴纸糊的孝帽哀悼宋仁宗。

辽国的皇帝耶律洪基知道后仰天长叹："我要为仁宗皇帝建一个衣冠冢，寄托哀思。"衣冠冢是埋葬死者的衣服、帽子等物品而并未有死者遗体的坟墓，因为大宋皇帝的遗体不可能埋葬在辽国。辽国历代君主把宋仁宗的遗像当作祖宗一样供奉，在他们眼中，宋仁宗早已封神。

无敌原来并不寂寞！

宋朝皇帝们带头学习，给全国文人百姓们树立了榜样。国家的科技、经济、文化等得到了空前的发展，古代四大发明，除去造纸术外，其他三大发明都在宋朝得到了飞跃式的发展。宋词、理学、哲学、绘画、史学等文化光芒四射，工程、航海、纺织、冶金等技术领先世界，连英国著名学者李约瑟也为此大力点赞："每当在中国的文献中查找一种具体的科技史料时，往往会发现它的焦点在宋代，不管在应用科学方面还是纯粹科学方面，都是如此。"

如果不刻意打击武将，压制军事技术，宋朝绝对算是一个可以大书特书的美好朝代。

康熙·自虐式的作息时间表

　　清朝时期，统治者们总结了元朝、明朝皇帝不喜欢读书的缺点，认识到"知识就是力量"，于是他们非常重视子孙的教育。清朝的皇帝虽然有强者和弱者的区别，但没有出现暴君，这和皇家的学霸培养制度也有关系。

　　清朝的皇子们都要参加极为辛苦甚至变态的学习课程。皇子们一般长到五六岁时，就要到乾清门内的"上书房"，接受老师们的"小班制教学"。这些课程为皇子们量身定制，直到他们学会为止。不规定毕业年龄，有的皇子要一直学到三四十岁。

　　皇子上课的时间非常严格，每天凌晨，天还没亮的时候，皇子们就要到班上早读，直到下午五点才能放学。

　　他们的作息时间表大致是这样的——

　　3点—5点：起床、梳洗、穿衣。去上书房，温习昨天的功课，毕恭毕敬地恭候老师大驾光临。

　　5点—7点：老师来了，放声早读。早读完开始上"外语课"，学习满文、汉文、蒙文等。

　　7点—9点：吃早饭。皇帝老爸抽空也会来一起吃个饭，顺便检查下皇子们的功课。学得不好的人还得挨训，一顿早饭吃得皇子们的小心肝扑通扑通直跳。

9点—11点：继续学习文化课。背诵老师指定的篇章，练习诗词作文。炎热的夏天，不准摇扇子，不得解开衣服；寒冷的冬天，不准烤火，不能焐手。他们的口号是："只要学不死，就往死里学。"

11点—13点：吃午饭。吃完饭你想打个盹儿，休息会儿？没门！抓紧时间背诵诗文。

13点—15点：上体育课。练习射箭、骑马，学习军事兵法理论。在如此高强度的学习体制下，没点好身体根本扛不住啊！而且皇子们不能只读书，没武功，文武双全才是真学霸。

15点—17点：接受检查。皇帝处理完政事以后，把所有的皇子和陪读的臣子叫过来，大家聚在一起，组织个小规模的考试。孩儿们，你们都说说今天的学习体会，来，背段课文。老爸亲自检查完功课，这一天的课才算上完。有时，皇帝觉得考试效果不太好，还会亲自给皇子们拖堂补课。在这种情况下，谁也不敢表现出任何的不愉快，还得仰着头作崇拜状，高喊："皇阿玛好棒啊，皇阿玛辛苦了！"

只要是皇子，都必须认真读书，没有周末、寒暑假，每年只能在除夕、元旦、端午、中秋、皇帝生日、自己生日的时候休息一下，其他时间除非生病，否则一律不准休息。他们每天的状态就是："两眼一睁，开始竞争。"

关于皇子们学习的恐怖日程，清代学者赵翼在《檐曝杂记》中也讲得很清楚：

"本朝家法之严，即皇子读书一事，已迥绝千古。余内直时，

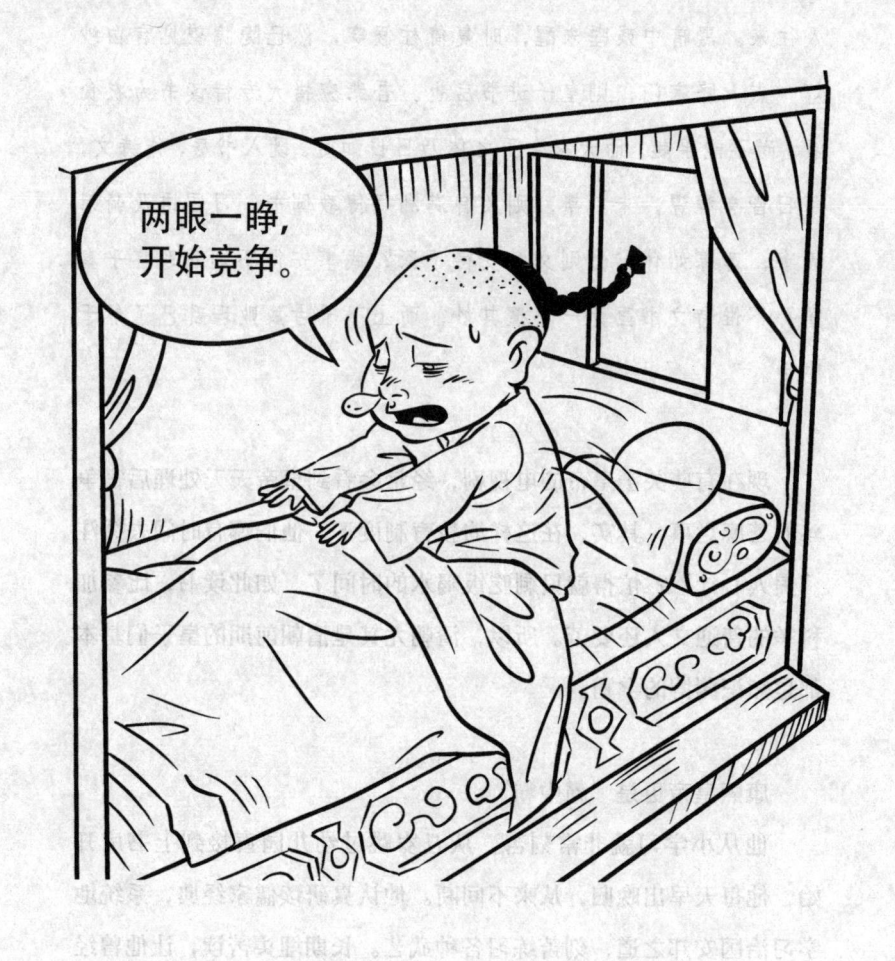

> 两眼一睁,
> 开始竞争。

届早班之期，率以五鼓入，时部院百官未有至者，唯内府苏喇数人往来。黑暗中残睡未醒，时复倚柱假寐，然已隐隐望见有白纱灯一点入隆宗门，则皇子进书房也。吾辈穷措大专恃读书为衣食者，尚不能早起，而天家金玉之体乃日日如是。既入书房，作诗文，每日皆有程课，未刻毕，则又有满洲师傅教国书、习国语及骑射等事，薄暮始休。然则文学安得不深？武事安得不娴熟？宜乎皇子孙不惟诗文书画无一不擅其妙，而上下千古成败理乱已了然于胸中。"

现在有些关于皇帝的电视剧，经常会看到皇帝天天处理后宫争斗的芝麻烂事，其实，在这样的教育制度下，他们哪有时间去关注"美人心计"？忙得就只剩吃饭喝水的时间了。如此读书，比参加科举的普通文人还要苦。所以，清朝尤其是清朝前期的皇子们基本都是知识渊博的学霸。

康熙皇帝更是"霸中霸"。

他从小学习就非常刻苦，从五岁跳过幼儿园直接到上书房开始，他每天早出晚归，从来不间断。他认真研读儒家经典，系统地学习治国安邦之道，刻苦练习各种武艺。长期埋头苦读，让他曾经累到吐血，却依然手不释卷，甚至发展到一边针灸一边读书的地步。以至于多年后，康熙一闻到艾草的味道就反胃。

康熙绝对算是一边"打点滴"一边写作业的模范苦读生。

当上皇帝以后，他每天也会坚持学习三到七个小时。数学、物理、医学、化学、天文、地理、文学、历史等他无所不学。他尤其喜欢数学，各种定理、公式口诀烂熟于心，对数学仪器也是摆弄自如，几何图形画得一丝不差。他也非常痴迷天文学与测量学，收藏了很多世界各地先进的测量仪器，还时不时坐到院子里观测日月星辰。他不满足于坐在宫中学习，还经常外出进行实地考察，遇到河流湖泊，他会用水平仪测试一下水位；遇到大山丘陵，他也会亲自测量山地的高度。

因为坚持不懈地学习，康熙的知识极为渊博，处理起政务来得心应手，识人用人游刃有余，所以他建立了一系列的丰功伟绩：重农治河、兴修水利、平定三藩、统一台湾、抵御沙俄入侵、亲征蒙古草原，让清朝成为当时世界上幅员最为辽阔、人口众多、经济比较富裕的国家。

除了自己学习刻苦，康熙对子女们的教育要求也很高。

皇子也得动起来、学起来，别天真地以为，你们可以直接躺平。努力学习的人，还能争取到太子的工作岗位，不过就算你当上了，如果德不配位，也有可能直接下岗。这导致皇子们越来越内卷，最后都卷得自相残杀了。

在康熙晚年的时候，九子夺嫡事件震惊朝野，弄得他头疼不已。从另一个角度来看，也是因为康熙把儿子们培养得太优秀了，以至于谁也不服谁。你文武双全，我也是啊！你谋略高超，难道我不是吗？凭什么你当太子，我当臣子？

到了咸丰皇帝当政时期，他只有同治一个儿子，同治便没有多少竞争压力，学习成绩就差了点。加上慈禧也没有经过系统的学习，只醉心于权术。这两个人都缺乏学霸精神，不再对知识敬畏，不再对学习用功，所以无法睁眼看世界，于是清朝不可避免地走向了衰落。

第六章

学霸们的自我修养

古代有个商人过河时不慎落入水中,他大声呼救,有个渔夫听到声音赶来。商人叫道:"救命,救命,你要是把我救上去,我给你一百两金子!"渔夫一听:"这么好?"赶紧将商人救了上来,然后眼巴巴地等着对方给钱。商人却抹完脸上的水说:"什么一百两金子?你听错了吧!我刚才说的是十两。你一个打鱼的,一辈子都挣不了几个钱,突然有十两金子,知足吧!"

原来是套路,奸商!渔夫心有不甘地走了。

天道有轮回,不巧的是,商人又一次在原地翻船落水,大呼救命:"谁能救起我,就会有很多赏钱啊!"被骗过的鱼夫对大家说:"别听他的,都是奸商的套路!"于是没人去救他,商人就这样沉入了水底。

这里想说的是,真正的学霸不仅需要拥有学习的技能,更需要有做人的品质。少一些套路,多一些善良。可是,很多学霸却没有重视提升自我修养,成了有学问而没人品的人,他们不算真正的学霸。

竖刁 / 卫开方 / 易牙·虽然不一起出生，但可以一起祸害苍生

有人读了金庸先生的《笑傲江湖》，觉得岳不群这个人物塑造得有点夸张，为了练就高超武功，他居然连男人都不做了。其实岳不群在中国历史上有真实的原型。

春秋五霸之一的齐桓公有三个宠臣：竖刁、卫开方、易牙。竖刁原来叫寺人貂，负责掌管内侍及女宫的戒令，经常出入后宫。

那时的宦官是不需要自宫的，寺人貂为了表示对齐桓公的忠心，主动要求自宫。管仲为此一直不看好寺人貂，这个人对自己都如此狠毒，一旦掌握了权力，会对百姓仁慈吗？但是，齐桓公却很看好他：寺人貂为了近距离侍奉我，连男人都不做了，真是个好人！后世用"竖刁"或"竖刀"蔑称寺人貂（古代"竖子"是对人的蔑称），也用来泛指阉宦奸臣。

卫开方曾是春秋时期卫国的一位贵族，为了表示对齐桓公的忠心，他十五年都没有回家。父母去世以后他也不回国奔丧，装作生生死死都不想离开齐桓公的样子。一天不见主公，他就浑身乏力。

齐桓公被感动了，小卫比我老婆还爱我。管仲却认为卫开方的行为不合人情，事出反常必有妖，不合情理的行为背后必然有不可告人的目的。卫开方放弃卫国贵族的地位与家庭，不过是为了在齐国赢得更多的利益而已。

易牙本来是一个很有前途的御用厨师。齐国菜是我国最早的地方风味菜，后来演变为中国的四大菜系之一——鲁菜。鲁菜制作精细，鲜咸脆嫩，风味独特，祖师爷易牙功劳甚伟。他早年研究做菜的手艺，成为远近闻名的大厨。升任宫廷御厨之后，他还在宫廷外开设了私人饭馆，兼职做老板，每天数钞票。可是易牙不满足，他觉得做大厨没啥意思，做大官才有意思，于是他就削尖脑袋，一门心思想向上爬。

有天，尝尽人间美味的齐桓公突然心血来潮，失落地对易牙说："寡人尝遍天下美味，唯独没有吃过人肉，真是遗憾啊！"齐桓公也就是这么一说，可是说者无意，听者有心，易牙的心里发生了小幅地震，是不是大王吃腻了我烧的菜？怎么办，这样下去我岂不是地位不保？大王想吃人肉，大王想吃人肉？易牙突然眼睛一亮，有了！

一天，齐桓公的餐桌上，摆放了一个盛着肉汤的小金鼎，齐桓公好奇地舀了一勺汤汁送到嘴里，哇，这汤汁鲜嫩无比，味道好极了！小易的手艺又进步了嘛！

"这是什么肉啊？寡人从来没吃过！"

拿影帝的机会来了。易牙抹了一把鼻涕，狠狠地挤出几滴眼泪，他伤心地哭着说："这是我小儿子的肉，为了让您能尝到渴望已久的人肉，我杀了他做成肉汤献给您。希望大王能身体安康，再活一万年！"

啊？你用四岁的儿子给我做汤？齐桓公看着泪流满面的易牙，非常感动，为了我，连亲儿子都不要了，一片忠心在肉汤。我不能辜负他！从此，齐桓公更加宠信易牙。

管仲临死之前，对前来探望他的齐桓公说道："易牙为了讨好您，不惜烹煮了自己的儿子，根本没有人性。他怎么能做大官呢？请您务必疏远竖刁、卫开方、易牙这三个人，如果您继续宠信他们，国家必乱。"

齐桓公听后点点头，你放心地去吧！我不重用他们。管仲死后，齐桓公就撤了竖刁、卫开方、易牙三个人的职务，走吧，你们从哪儿来，回哪儿去！

可是，时间一长，没有那三个"马屁精"在身旁，齐桓公又感到很不爽，吃东西都没有滋味！要不再召他们回来玩玩？易牙等三个人接到消息后，相互庆祝：哈哈，我们又回来了，虽然不能一起出生，但我们可以一起祸害苍生。

第二年，齐桓公得了重病，三个人立刻拥立公子无亏，迫使太子逃到宋国，引发了齐国内战。为了控制齐桓公，他们堵塞宫门，筑起高墙，假传君命——不许任何人进宫，不准任何人给齐桓公送饭。有两个忠心耿耿的宫女趁人不备，越墙入宫，看到了惊人的一幕：饿得皮包骨头的齐桓公正趴在地上到处找吃的，宫里的树皮都被啃光了。宫女出来后，泪流满面地将竖刁、易牙等人作乱的情况一五一十地说了出来。

最终，齐桓公被活活饿死。死的时候，他用衣袖蒙脸，表示无脸去见管仲。

此时的宫中剑拔弩张，没人理会齐桓公的死活。等到宫中有刺鼻的臭味飘出来，大家才跑去查看。只见齐桓公腐烂的尸体上爬着很多白色的蛆虫，尸臭熏天。

春秋时期的一代霸主竟以这样耻辱的方式离开了人间！

宋代文豪苏洵读到这段历史，感慨万千，写了一篇《管仲论》，里面评价道："一日无仲，则三子者可以弹冠相庆矣。"（"弹冠相庆"，比喻一个人做了官或升了官，他的同伙因此将得到援引，有官可做，互相视贺，后用来形容坏人得意。"三子"指的是竖刁、卫开方和易牙。）

易牙等人原本可以凭借自己高超的技术，成为真正的学霸，可惜，他们却在作死的路上越走越嗨！

来俊臣/周兴·咱们共同研究"整人秘籍"

武则天掌权的时候,遭到了李氏王公贵族们的强烈反对。武则天火了,你们背后有人,我就没有吗?她想出了整人的好方法——鼓励天下所有人告密。告密是打击政敌最卑鄙也最立竿见影的方法。审查被告时如果配上酷刑逼供,编造罪名,那绝对是杀人于无形的必备"良方"。让你自己承认自己谋反,低头认错,再用法律的外衣给你来个斩立决。

这样的风气正中周兴的胃口。周兴是武则天当时重用的一个酷吏,他年少时不喜欢科举考试,只对法律感兴趣,如果放在当下,估计能当个优秀的律师。他不光喜欢告密,而且还懂法律,可以借助法律的名义罗织别人的罪名,因此,他很快被提拔为秋官侍郎(刑部副长官)。这下,周兴终于找到了地方来发挥自己的特长,卑鄙无耻成了他的座右铭。他结合丰富的整人实战经验,发明了"定百脉""喘不得"等各种令人闻风丧胆的刑具与刑罚。并发挥摸着石头过河的精神,总结出了整人四部曲:编造别人的罪名;摆出刑具残酷逼供;快速拿到口供;一刀砍掉人头。

战功显赫的广州都督(地方军事长官)冯元常因为曾经向唐高

宗进言，要适当控制武则天的权力，防止后宫干政，遭到了武则天的嫉恨。主子的敌人就是自己升官发财的铺路石，于是周兴想方设法构陷冯元常，并将其打入大牢折磨致死。

武则天的默许与肯定让周兴找到了前进的方向，他如同打了鸡血一样兴奋异常，继续寻找残害的对象。当时，郝象贤的仆人诬告郝象贤谋反。郝象贤的祖父郝处俊在唐高宗时期任宰相，曾经坚决反对过武则天干政。武则天因此对郝处俊恨得咬牙切齿，便把案子交给了周兴，同时不忘鼓励一下："你办事，我放心！"

周兴听后点点头，一切包在我身上。他很快罗织了郝象贤的一堆罪名，要将郝家满门抄斩。郝象贤在去刑场的路上大声辱骂武则天，周兴急了，这老家伙都要死了，嘴巴还不消停！他开动脑筋，又想出了一项"整人发明专利"——把木头打进犯人的嘴里，看你们还怎么嚷嚷？

周兴虽然这么恶，但恶人自有恶人磨。有个叫丘神勣的酷吏被处死，有人告发周兴是丘神勣的同党。武则天一想，周兴是冤枉人的高手，审问周兴必须找更厉害的人，于是她派出了周兴的好朋友来俊臣。

来俊臣知道周兴对整人的流程很清楚，想要整治他，必须给他来点刺激的，打草不必惊蛇。于是，他请周兴喝点小酒，吃顿饭，顺便在饭桌上和周兴探讨了一下整人的方法，然后故作惆怅地说："周兄，你最近的整人术可有突破啊？我这里有个囚犯硬是不肯招供，如何是好啊？"

酒过三巡，周兴想到大名鼎鼎的来俊臣整人的学术水平如此之低，自豪地笑起来："老弟，这还不简单啊！试试我的新发明，绝对给犯人'如丝滑般的感觉'。你把犯人放到盛酒的大陶器里，四周放上很多木柴，点起火来慢慢烤他，这样神仙都会招供的！"

来俊臣听后一身冷汗，这个家伙真有创意，让你继续发挥聪明才智，还有我的立足之地吗？于是，来俊臣赶紧叫人搬来一个大陶器，按照周兴的方法开始点火，并笑眯眯地说："皇帝陛下让我来审查你，请您进去纵享丝滑般的感觉吧！"（成语"请君入瓮"出自这里，比喻以其人之道，还治其人之身。）

周兴"酒醒梦断何所有，落花流水空青山"。望着自己的新发明，他明白，要是进去肯定"丝滑"得生不如死啊！便当即磕头如捣蒜，来大人，饶命，这种感觉就免了，我招供便是。

按照法律规定，周兴要被处斩。武则天想到这条狗为自己做了不少事，就将死刑改为流放。但周兴在流放的路上被仇家杀死了。

来俊臣这个人，不但坏，连出生都有极大的偶然性与戏剧性。他老爸原来是个赌棍，名声不好，一直娶不到老婆。后来有一次手气极佳，赢了人家很多钱，输光的人就把自己已经怀孕的老婆抵押给了来俊臣的父亲。他老爸心想，反正也娶不到老婆，这下老婆、儿子同时有了，双喜临门！

就这样，来俊臣出生了。

跟着赌棍父亲，长大后的来俊臣顺利地成为街上的混混，又顺利地进了监狱吃"免费套餐"。人家在监狱里闲来无事就弄点娱乐活动，读读书，打打牌。他在监狱中的爱好却很特别——"妄告密"，他经常写告密信，因为当时很多人因告密而发了财。

告小人物引起不了轰动效应，可他一个小混混又不认识高官，告谁呢？他开始发挥想象力，采用"广撒网，多捞鱼"的方式，拿那些名气比较大的人开涮，也许能瞎猫碰到死耗子呢？反正说别人坏话，又不需要成本！

可是，官府发现他告密的事情大多是瞎编的，调查了半天也没有什么实际性的证据。于是刺史王续将他痛打了一顿，来俊臣这才老实了一点。不久，王续因犯事被朝廷判了死刑，来俊臣的眼睛里顿时放出一道光，将自己从多年告密失败中总结出来的秘籍运用在了一封信上，直接揭发王续的各种罪行，还把自己的遭遇包装成了一个正直的故事：因为我屡次揭发王续那个奸贼，被他怀恨在心而遭到了惨无人道的蹂躏与迫害。

说得绘声绘色，写得独树一帜。王续已经死了，怎么说都有人信，谁会为了一个死了的罪犯而去调查呢？

据说武则天看到这封告密信，感觉来俊臣的告密功力可以打"五颗星"，自己不正需要这样的人来铲除通往帝王路上的障碍吗？于是，她破例召见了来俊臣，小来，好好干，有前途！

从此，来俊臣凭借卑鄙的特长坐上了升官发财的直通车。

他在办案时始终坚持两个"只要"：只要武则天交办的案子，一定办成；只要办案时不肯招供的人，一律上刑。他跟好朋友周兴经过反复研究，深入探讨，加上千百次的实战演练，弄出了一整套让人求生不能、求死不得的刑具与刑罚——"定百脉""喘不得""突地吼""着即承""失魂胆""实同反""反是实""死猪愁""求即死""求破家"等。

每次办案时，他先派出各个行动小组，分头做事，分工协作，从各个方面捏造、罗织受害人应当被判处死刑的证据。从你出生到娶妻生子、工作细节、交友旅游等，一个细节一个细节地仔细推敲其中你可能谋反的迹象，然后详细记录在案。实在找不到证据，就命人拿上那些让人毛骨悚然的刑具，慢慢地、有序地把它们放在犯人面前，再一样一样地拿起来，向犯人详细解释它们的用法。

一时间，朝廷上下，人心惶惶。大臣们上朝之前，都会紧紧地握着家人的手，不知道黄昏的地平线上，还能否有自己的身影。

为了炫耀自己整人的研究成果，来俊臣编写了一本"学术著作"——《罗织经》，里面专门讲解如何害人、如何编造别人的罪名等。秦桧如果看过这本书，估计就不会用"莫须有"的理由来陷害岳飞了，怎么也能给岳飞安上多个凿凿有据的罪名。这本书分为十几个专题，每个专题为一卷，字数不多却令读者读得直冒冷汗。据说宰相狄仁杰读完之后，全身颤抖，感慨万千，人怎么可以这样凶狠呢？一向阴狠毒辣的武则天看到《罗织经》，也叹息道："如此机心，朕未必过也。"这样的心计，我都比不过啊！

来俊臣与亲信们在帮助武则天打压王公贵族们的同时，也顺便陷害那些不服从自己的正直大臣。他一杀就是一群，一次死百把个人，都是小案子。来俊臣曾经无耻地向人炫耀自己的办案经验：不把案子搞成惊天大案，就不能引起大家的注意；不让案子牵连一大批人，就不足以显示出办案人的能力。

人一旦为所欲为了，就会忘乎所以。武则天只是用他来打击政敌，并不是真的喜欢他，一旦他天真地认为自己也可以窃取国家权力的时候，他的死期就到了。

后来因为来俊臣作恶太多，所有的人都来揭发他的恶行。武则天本想留着这条狗，可是，要求处死来俊臣的奏章如雪片般飞来：贪污受贿、诬陷忠良、为非作歹等罪行，证据确凿。

面对各方压力，武则天只能下令，在闹市中处死来俊臣。街上百姓们听到后陷入狂欢，武则天知道后也惊呆了，来俊臣这么讨厌吗？于是武则天立即下令，诛灭来俊臣九族，查抄他的所有家产。

来俊臣贪污受贿。
来俊臣诬陷忠良。
来俊臣办案不公。
来俊臣为非作歹。
杀
这种人，
早该处死了。
老天真是开了眼，
杀了他我们的生活
清静多了。

祢衡 / 张良·傲慢和谦虚的两个极端

三国时期,江夏太守的府中热闹非凡,大家正围着一个年轻人。只见他看了一眼面前的鹦鹉,立刻提起笔,不假思索地写起文章来。唰唰唰,很快,一篇即兴创作的《鹦鹉赋》完成。

众人看完后啧啧称叹,好文章,真牛人!

这个年轻人就是著名的文学家——祢衡。他才华横溢,少年成名,文章写得又快又好。可惜,他恃才傲物,常常讥笑和讽刺别人。

有一天,一个人劝他去投奔陈群(曹魏律法《魏律》的主要创始人,在曹操、曹丕、曹叡三朝做官,为曹魏政权的礼制及其政治制度的建设做出了很多贡献)、司马朗(司马懿之兄,为官的时候深受百姓爱戴)。

祢衡听后不屑一顾:"我怎么能和杀猪卖肉的人结交呢!"估计陈群、司马朗样子长得不太帅,比较油腻,他看不上。有人问他:"荀彧(曹操统一北方时的首席谋臣和功臣)、赵融(曹操底下的良将)怎么样?"他不假思索地讥讽说:"荀彧嘛,表情单一,目光呆滞,好像天天在参加追悼会。赵融,呵呵,肥肥胖胖,像个烧饭的伙夫,在厨房打打杂还可以。"

反正这些家伙，我看着就不爽，很不爽！

你身边如果有这样的人整天讥笑你，你是不是很想揍他？写作天分也算不上多么了不起的才华，三百六十行，行行出状元！写作高手跟炒菜、医术、养殖等高手的技术含量差不多。有这个天分固然好，但也不至于目空一切。

当然，也有令祢衡另眼相看的人，那就是孔融与杨修。上天给了他们三人超高的智商，但也给了他们同样悲惨的命运。

孔融曾向曹操推荐祢衡，曹操听后点点头："可以啊，要不叫他过来聊聊？"

可是聊完后，祢衡看不上曹操："老孔，你推荐你的，我可没答应，我对曹操根本不来电！"于是，他对外宣称自己得了疯病，没法见人。

曹操一听，火大了！嘿，给你脸，你还不要？那我就当众羞辱你，看你以后还老不老实！曹操于是大宴群臣，命人强行将祢衡拖过来。命令道："你，为大伙击鼓助兴，来一段疯子打鼓的激情表演。"

想羞辱我？难道我是吃素的吗？我才不惯着你呢！只见祢衡一下子脱光了衣服，上演了一段"赤裸惊魂"。侍女们高声尖叫，流氓！大臣们目瞪口呆！

曹操擦着冷汗，呵呵一笑："嘿，我本想羞辱一下祢衡，没想到反而被祢衡赤裸裸地羞辱了。"

孔融知道这件事后，非常不高兴，老兄，我拼命举荐你，你却这样，不好吧？赶紧去向曹公赔罪。祢衡碍于朋友的情面，答应了，好吧，我去！孔融立即拜见曹操，解释祢衡上次是疯病犯了，会亲自来道歉。曹操听后很开心，狂人能够低头了，也不错嘛！于是，他兴冲冲地等着。

没想到祢衡却穿着便衣,手拿木棍,坐在曹操的大营门口,用木棒捶打着地,大骂曹操。曹操火了,对孔融说道:"祢衡这小子太无礼了。我杀死他就像杀死一只老鼠。但他一向有点名气,杀了他,别人会以为我容不下他。"

干脆把他打发出去,派他出使荆州。曹操顺手将祢衡推给了刘表,老刘,给你个顶级秘书,要不要?

祢衡很有才,不要白不要!刘表笑嘻嘻地接纳了。可是,日子一长,祢衡将刘表也得罪了。刘表这才反应过来,曹操这个家伙太鸡贼了,把这么个刺头推给我,不就是想借我的手宰了他吗?咱可不上当!既然曹操甩给我,我也甩出去。

于是,刘表把祢衡推荐给了江夏太守黄祖,老黄,送你个大宝贝!好好珍惜。

没文化的黄祖也没多想,让祢衡担任了书记官。黄祖的儿子黄射对祢衡过目不忘的本事与汪洋恣肆的才华敬佩不已。一次,黄府举办宴会,有人献了一只漂亮的鹦鹉,黄射很喜欢。

为了试探一下祢衡的真功夫,黄射邀请祢衡为鹦鹉作赋。没想到,祢衡一挥而就,文不加点。("文不加点"出自这里,比喻作文一气呵成,无须修改。也形容文思敏捷,写作技巧纯熟。)

一转眼,黄射成了祢衡的"小迷弟"。

可是,祢衡的老毛病又犯了。在一次宴会上,他因为小事当众顶撞了黄祖。大老粗黄祖可不像曹操那么有城府,他立即破口大骂:"什么东西,竟敢目无领导?会写文章很了不起吗?"

对,就是了不起,怎么的?祢衡也火了,指着黄祖骂道:"你这个死老头,又有什么了不起!"

"嘿，我这暴脾气！来人，来人，拖出去，斩了！"黄祖怒气冲天，管你三七二十一，杀！

黄祖的主簿估计平时没少受祢衡的辱骂，听到黄祖的指示后生怕黄祖后悔，便手起刀落杀掉了祢衡。等到黄射焦急赶来说情时，祢衡的头已经滚到了地上。祢衡二十多岁，就这样因为冲动丢了小命。

狂浪是一种态度，但是过于狂妄，就会让人抓狂，若能做个像张良一样安静谦虚的美男子也是一种智慧。

张良出生在战国时期一个韩国贵族的家里。韩国被秦国灭掉以后，做了亡国奴的张良不甘心，他散尽家财，寻找刺客，准备刺杀罪魁祸首秦始皇。很快，他找到了一个大力士，准备让他在秦始皇出行的路上，一铁锤抡过去，连车带人，把秦始皇砸个稀巴烂。

可惜，秦始皇保镖太多，防备森严，这次刺杀失败。从此，张良只能隐姓埋名，过着亡命天涯的生活。

有一天，他来到沂水圯桥头，碰到一个穿着粗布短袍的老头，他心里有点失落，山清水秀之地，为何碰不到一位像丁香一样的女子，而是碰到了朽木一样的老头？

老头迈着炫酷狂妄的步伐，走到张良身边，他缓缓坐下，脱掉了鞋子，然后往桥下一扔，瞥了一眼张良，傲慢地说："小子，你下去给我捡鞋！"

张良有些恼火，我杀不了秦始皇，难道还杀不了你这样一个干巴巴的老头吗？

不过，张良是个读书广泛、修养极高的人，对方跟自己又没什么深仇大恨，于是，他克制住怒火，不就捡个鞋子嘛！就当尊老爱幼了。他跑到桥底下，气喘吁吁地把老人的鞋子拿了上来。

老人这时跷起脚来，命令道："给我穿上！"

嘿，真是个怪人！不过，行为奇怪的人要么很有本事，要么脑子有问题。饱经磨难又阅人无数的张良心想：也许这个老家伙是个世外高人呢！他既然敢这么无礼地命令我，肯定有什么想法。如果他真的脑子有问题，我就当照顾残疾老人了。

张良于是跪在地上，小心翼翼地帮老人穿好鞋。之后，老头连个"谢谢"都没说，就仰面长笑，消失在了暮色中。不过，他很快又折返回来，对张良说："你小子不错，可以重点培养。五日后的凌晨，到这桥头来见我。"（成语"孺子可教"出自这里，形容年轻人有出息，可以把本事传授给他。）

老头思路清晰，说话有力，不像是老年痴呆，那肯定是高人，难道他要教我绝世武功？这年头，能碰到个好师傅，太难了！张良恭恭敬敬地行了个礼，答应了。

五天后，鸡鸣时分，张良急匆匆地赶到桥头。谁知老人故意提前到来，看见张良，他生气地骂道："与老人相约，怎么能耽误时辰。五天后再来！"大爷永远是你大爷，他骂完之后，长袖一甩，飘然而去，留下张良站在原地一脸蒙。

五天后，张良提前起床，冲到桥头，可那老头又生气地坐在那里。唉，高人行事，果然与众不同。他又将张良乱骂一通："你懂不懂规矩？五天后再来！"

嘿，难道是我没掌握好时间？

第三次，张良干脆不睡觉了，半夜就到桥上等候。

姗姗来迟的老人这次高兴地点点头，小伙子，有前途！他从怀里拿出一本书，神神秘秘地对张良说："你以后要认真阅读这本书，十年之后，天下必定大乱，你可用此书一统天下，治国安邦。"说罢，老头掉头走了。

"嘿，老人家，您总得留下姓名吧？"张良急切地问道，好歹也让我知道师傅是谁啊！

"十三年后，济北谷城山下，有一块黄石头，便是老夫！"老人留下了苍老的声音，消失在朦胧的夜色之中。他，就是传说中隐身岩穴的世外高人——黄石公，人称"圯上老人"。

张良叩谢老人，拿起书一看，正是在军事界神一样存在的兵书——《太公兵法》。从此，张良日夜研究，对书上的内容不断总结思考，最终成了一个足智多谋的高人，并帮助刘邦统一了天下。刘邦在取得天下以后，称赞张良坐在家里就能决定千里之外战斗的胜利。（"运筹帷幄"出自这里，指在军帐内制订作战策略，后来常指在后方决定作战方案，也泛指主持大计、考虑决策。）

刘邦定都关中后，天下初定。论功行封之时，他大手一挥，老张，天下的好地方，你随便挑。我要赏你，大大地赏你！

张良只挑选了刚开始与刘邦相遇的地方——留地（今江苏省沛县），一个巴掌大的小县城，所以人称张良为"留侯"。汉朝建立后，张良也从不宣扬自己的功劳，不参与朝廷里的斗争，他常借口身体不好闭门不出，专心修道养生。最后，在韩信等一批功高盖主的人被杀之后，张良善始善终。

项羽·三分钟热度,满盘皆输

"你书读得怎么样了啊!"一个长相英武的中年人问正在院子里练武的少年。虽说是少年,但他人高马大,腰如铜鼎,壮如野牛,毫不费力就能举起院子里的大石墩。乡里人都觉得少年乃大力神下凡。

"叔父,书有什么好读的?读之乎者也,太费劲了,还不如练练功夫。我将来想要干大事,怎能缩在书房里?"少年前几天被叔父逼着读经书,一本都没读完,就开始发牢骚了。他觉得经书的内容太枯燥了,老夫子们说的都是些没用的废话,那些道理谁不懂?

"唉,你这孩子,将来要做大事,怎能不读书呢?"中年人摇了摇头,看来这孩子不适合读书,那就换种方式学习吧!于是,他说:"要不我教你学剑法?"

"好啊,好啊,请叔父赐教!"少年听说叔父要教他剑法,爽快地答应了,学剑对他的胃口。

学了剑法没多少时间,少年又觉得剑法太花哨,上阵打仗凭的是力气,花拳绣腿有何用?去战场上跳舞吗?在纯粹的力量面前,剑法简直就是多余的。嘿,不学了!

"你到底搞什么？一会儿学这个，一会儿学那个，丝毫不专心！"中年人有点火大。

少年看到自己尊敬的叔父对他发火，有点不好意思，想了想，说："读书识字只能让人记住人名，学剑只能让人和一个人对打。要学就学万人敌。"

"那就教你兵法？"听完孩子的志向，中年人忽然感觉这孩子还有救。

"好，就学它！"少年开心得像是找到了人生的方向。

可学了很久，少年始终不肯深入研究，他怀疑兵法理论是否真的有用，打仗还不是凭勇气？谁敢冲上去直接开打，谁就能打赢。

他的兵法又学了个一知半解。

少年的名字叫项羽，他的叔父叫项梁。

论力气，论胆略，论勇猛，论战场指挥能力，天下无人能比得过项羽。可惜，他在年少的时候，有条件读书，却没认真深入地去钻研。不知道读书的苦，自然不明白读书的好，就无法理解读书人的用处，也不能祛除身上的残暴戾气，更吸引不了知识渊博的人前来相助。身边只有勇猛的干将，没有智慧超群的谋士，怎么能行？

项羽缺乏学习的耐心与恒心，做什么事情都很急躁。虽然这种急躁有时也会化作果断与勇猛，帮助他取得巨鹿之战等一系列战斗的胜利，但更多时候，这种急躁会化作残忍与固执。

当年，秦国士兵前来投降，项羽并未关爱他们，还默许属下对秦军随意打骂。投降的秦兵们对项羽心生不满，暗地里想要联合起来反抗。项羽得知情况后，不仅没有严肃军纪，还下令把投降的士兵全部杀掉。攻入咸阳后，他更是杀红了眼，屠戮咸阳，杀秦王子婴，火烧秦王宫，大火整整烧了三个多月。一把火烧掉的不仅有房

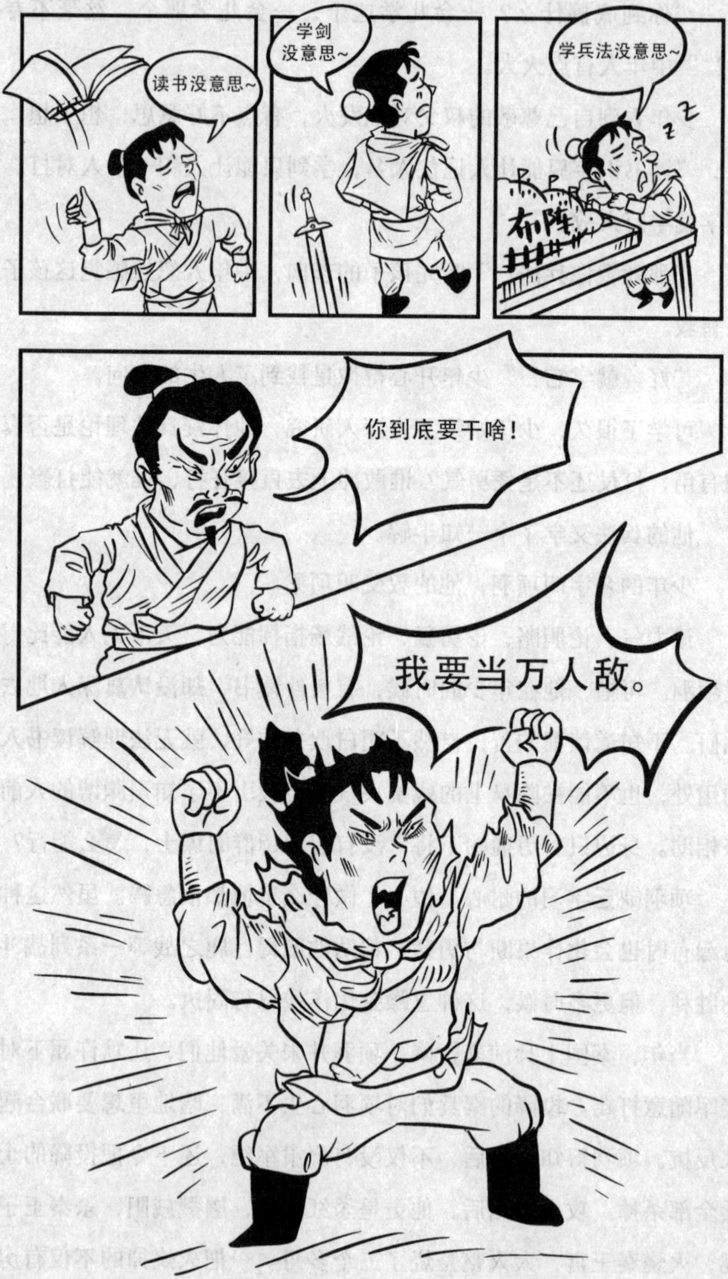
读书没意思~
学剑
没意思~
学兵法没意思~
Z
Z
布阵
你到底要干啥!
我要当万人敌。

屋、文化，还有民心！

有个叫韩生的人私下感叹："有传言楚国人像戴了帽子的猕猴，粗鲁不堪，毫无修养，没想到真是这样！"项羽听到后，火冒三丈，说我没文化？好，那我就让你这个文化人化作一锅浓汤。项羽不由分说就让人把韩生扔到大锅里，活活煮死了。

急躁的人，也更容易被人迷惑和利用。

后来，随着项羽军队内部的分裂、前线久攻不下、后方频繁被袭、韩信势如破竹等多个事件接踵而至，项羽变得更加急躁。但是他打仗依旧很猛，将刘邦团团围在了荥阳。刘邦冷静一想，正面硬杠，我打不过你。暗地使刀，你不是我的对手。于是他在陈平的建议下，自导自演了一出好戏。

当项羽派使者来到军营谈判的时候，刘邦让人准备了满满一桌丰盛的饭菜，使者看到后受宠若惊，怎么来一趟，还这么客气？可是，当他称自己乃霸王项羽的使者，正要高兴地坐下来用餐时，刘邦突然脸色一沉，故作惊讶地说道："我还以为是亚父（范增）的使者，没想到你是项王的使者。"于是他故意一摆手，让人撤掉美食，端来粗食，就是直白地告诉使者：你不是范增的人，我懒得搭理你。使者看到后气得头发都要竖起来了，不吃了，拜拜！回去后他将事情的经过告诉了项羽。

正处于诸事不顺的项羽听后也蒙了，我该相信谁，难道亚父也要背叛我吗？他是个有怨言就会表现出来的人。范增知道项羽的怀疑后，心里极度不爽。竟然怀疑忠心耿耿的我？唉，辞职不干了。范增于是愤怒地提出了辞职，项羽一看这情况，想都没想，直接同意了，走，都走！省得成天在我耳朵边嗡嗡。接着，绝望的范增因为毒疮发作死在了半路上，项羽失去了唯一的谋士。他也从猜疑和暴躁中清醒过来：又上刘邦那厮挑拨离间的当了。亚父，我一定要替你报仇！

项羽开始疯狂进攻荥阳，将所有的愤怒、不满和伤心都发泄到前线阵地。

刘邦看到后傻眼了，项羽这家伙太能打了，怎么办？

陈平眉头一皱，计谋立出，他对刘邦说："请大王速写一封诈降信给项羽，约他在东门相见。他一定会把大军布置在东门外，我们再想办法把他在西、北、南各门的卫士引到东门口，这样你就可以从防守薄弱的西门出去了。"

这时，一个叫纪信的人挺身而出，他曾经和樊哙、靳强等人掩护刘邦逃出了鸿门宴。因为他和刘邦长得有几分神似，就主动要求伪装成主子的样子，前去诈降。他心里明白，此番前去，必死无疑。刘邦紧紧握住纪信的手，好兄弟，从此，你的家人就是我的家人。

送完纪信，陈平建议再送美女，扰乱项羽的军心！

刘邦听从了陈平的建议，选取城中两千名长得不错的女人，一批接一批地从东门送出去，制造混乱局面。南、西、北门的楚兵一听东门外全是美女，争先恐后地涌向东门。刘邦率领一小部分亲信随从，乘机从西门逃走了。

天亮了，装成汉王模样的纪信卧在一辆龙车上，一直用衣袖遮着自己的脸。有楚军看到后高喊："这不是汉王吗？"

项羽很开心，服软就好，刘邦老弟，你受惊了！可是，等他走近一看，这哪是刘邦？你是谁？刘邦呢？

纪信从容地回答："我是纪信，汉王早就离开了。"

什么？又被骗了！刘邦这个无赖，我定要将你碎尸万段。项羽把怒火发泄在了纪信身上，下令身边的每个人手握一支火炬，直接扔到龙车上,将纪信活活烧死了。

最后,具有各种先天优势的项羽却没能一统天下。

颜之推·兄弟，醒醒吧！

南北朝时期的教育家颜之推在《颜氏家训·勉学》中记载了几个有趣的故事。

颜之推碰到一个叫姜仲岳的人，这个人读书不精，却喜欢吹牛。他在《穀梁传》中看到公子友与莒挐两人打架，公子友左右的人大声喊叫"孟劳"（孟劳是鲁国宝刀的名称），便一本正经地说道："你们知道孟劳是谁吗？不知道吧？他姓孟，名劳，是鲁国的大力士，公子友的好哥们。左右的人就是喊他过来帮忙的。"

普通人一听，可能会纷纷点头，觉得他太有学问了！可是这次他班门弄斧，遇到了当时的两个大学问家——颜之推和邢峙。颜之推心想，这不乱弹琴嘛！吹牛也不能传播错误的知识吧！于是他指出姜仲岳的错误：孟劳不是大力士，而是大宝刀。

谁知姜仲岳听后极力争辩，你怎么就确定那是宝刀而不是人呢？你见过那把刀吗？有些人吹牛被人识破的时候，还能理直气壮，也不是他有多坏，而是他自己都相信牛皮是真的了。

恰好当时另外一位大学问家邢峙也在场，他帮颜之推证实了"孟劳"的真实含义。面对两位大学问家，姜仲岳羞愧地低下了头，唉，碰到高级货，牛皮便吹破！

在读书的时候，碰到自己不懂的地方，不可以想当然，否则就会出丑。

一位江南的权贵读了误本（错误的版本，古代的书很多是手抄的，容易抄错）《蜀都赋》的注解："蹲鸱，芋也。"这个版本把"芋"字错抄成了"羊"字。蹲鸱其实就是地里长的大芋头，形状像蹲伏的鸱鸟。

有人赠送了一些羊肉给这位权贵，他想起了句子"蹲鸱，羊也"，这不正是显示我博学多识的机会吗？于是他兴奋地回信道："谢谢您送我蹲鸱！"他这一回不要紧，把看信的人搞蒙了，"蹲鸱"是什么鬼？我什么时候送过他这玩意？难不成对方想要考考我的学问？

可是收信的人问来问去，没人知道"蹲鸱"和"羊"有啥关系。他赶紧召集一群人过来帮忙，大家翻阅图书，仔细寻找，终于有个人查到了"蹲鸱"的出处，原来是书籍版本的错误。

权贵本想露两手，结果却把老脸丢！

学习要多方考证，广泛阅读，否则，闭门造车只能闹笑话。人的精力有限，但知识无限，学习怎么可能不出错误？有错就改，学问才能越来越精深。

曾经有个博士，熟读四书五经，满肚子都是经文。他照照镜子，看看自己的脸蛋与肚子，心想，我不光长得帅，还有一肚子学问，真是太完美了，我就是第一，我就是明星！于是，他经常表现出与众不同的样子，做什么事都要咬文嚼字一番。

有一天，博士家的一头驴死了，他精心打扮一番，准备上街买驴。

不一会儿，他看中了一头驴，双方谈好价格后，博士要卖驴的小贩写一份凭据。可卖驴的人犯愁了："我一个大老粗，哪里会写凭据啊？你不是号称学问渊博嘛，那你写吧！"

博士一听，是啊，我不写，谁还能写呢？现在不正是展现我学问的时候吗？他立即要来笔墨纸砚，摆好姿势，飞快地书写起来。那傲娇的眼神、夸张的动作，瞬间吸引来一大批人围观。很快，他洋洋洒洒地写满了三张纸，写完得意地一笑，瞅瞅，我这水平，我这文采！

卖驴的小贩这时却有点烦躁，要是这么做生意，我一天也就只能做一单了。他说："麻烦您念给我听吧，我不识字。"

博士这时整理了一下衣襟，干咳了一声，开始信心满满、摇头晃脑地念起来。过了好半天，他才抑扬顿挫地念完凭据。看看周围安静的观众，他有点小失望：掌声在哪里？你们的尖叫声在哪里？

围观的群众一脸蒙，怎么听了半天没听懂呢？

卖驴的人这下急眼了，我平日跟人做买卖，大家不是这么写的啊！三言两语就能解决的事情，你为何要写这么多？关键你写了几张纸，怎么没提到驴和钱呢？于是他说道："先生，你写了满满的三张纸，怎么一个驴字都没有提到呢？其实，只要写上某月某日，谁卖给你一头驴子，收了多少钱，不就完了嘛！唠唠叨叨写这么多。我还要赶着去卖驴子呢！"

周围的老百姓一阵哄笑，纷纷摇头，博士的凭据果然与众不同。事情传开后，有人编了谚语讽刺："博士买驴，书卷三纸，未有驴字。"（成语"三纸无驴"出自《颜氏家训》，形容写文章或者讲话不得要领,虽然写了一大篇,说了一大堆,却离题万里,也叫"博士买驴"。)

读书写文章,是要把深奥的道理浅显化、通俗化,让大家都看得懂,说话更是如此。很多人在台上讲话,说了半天,唾沫横飞,说完还一脸高傲地看着大家,瞧,这种文采飞扬的语言,你们说得来吗?底下的人听得如坐针毡,恨不得冲上去,"啪啪"甩上两个大嘴巴子。啰里巴唆,还不快点结束?

三纸无驴害死人!

好读书,但不能读死书,不可为了显示读书多而成天卖弄。

看不到自己的错误,主要是因为视野太窄。以前楚国有个读书人,家庭条件比较差,生活穷困潦倒,他不想着通过自己的努力致富,却总想些歪门邪道。一天,他读到书上记载:螳螂在捕蝉的时候,用树叶遮住自己的身体,蝉跟其他小虫就看不见它了。

读书人看到此处异想天开,兴奋不已,我要是能得到螳螂遮身体的树叶该有多好,就能瞬间脱贫致富成土豪啊!

哈哈,说干就干,我终于找到发财的捷径了。他立刻放下书本,跑到一棵树下抬头观察捕蝉的螳螂,果真有片树叶!看来这次上天都要帮我啊!他赶紧爬到树上,小心翼翼地摘下那片叶子。

也许是太兴奋了,他拿在手上的树叶掉到了地上,和很多落叶混在一起,没法辨认了。怎么办?总不能半途而废吧?他干脆将落叶全部带回家,让妻子马上放下手中的事情,来看他的变身魔术。他拿起一片叶子遮在身体前,对妻子说:"亲爱的,你看得到我吗?"

妻子觉得莫名其妙,说道:"一个大活人,怎么看不到?"

看来不是这片树叶!读书人接二连三地拿出树叶让妻子看。折腾了一整天,急着烧饭的妻子受不了了,有完没完?于是她随口说道:"看不见,看不见,别来烦我了。"

读书人好开心,终于找到了,咱们要发财喽!他赶紧将那片"能隐身"的树叶收起来,跑到街上,找到摆放贵重物品的摊子,举起树叶,旁若无人地开始拿别人的东西。结果可想而知,他被人痛打一顿,抓到了官府。

审问他时,读书人老老实实将事情的经过说了一遍,并自言自语:"奇了怪了,书上明明说螳螂用这片树叶的时候,别的小虫都看不见它了啊?"

审问的县太爷听了大笑,真是个书呆子!(成语"一叶障目"出自《鹖冠子·天则》,三国时期魏国人邯郸淳的《笑林》中讲了这个有趣的故事。用一片叶子挡在眼前会让人看不到外面的广阔世界,比喻被局部或暂时的现象所迷惑。)

我要买这头驴，你写个凭据。
我哪里会写字，您学问渊博，您写吧。
准备好为我的才华叹服吧……
两句话的事儿，你干吗唠唠叨叨写这么多。
博士买驴，书卷三纸，未有驴字。

参考文献

［1］卞恩才，翁文豪，孙以楷.中国古人刻苦好学趣事[M].广州：广东人民出版社，1999.

［2］王辅一，朱清泽.古代将帅治军趣闻录[M].北京：军事科学出版社，1987.

［3］王志民，黄新宪.中国古代学校教育制度考略[M].北京：首都师范大学出版社，1996.

［4］郭强.中国古代选举制度[M].吉林：吉林文史出版社，2011.

［5］王立群.王立群智解成语[M].郑州：大象出版社，2014.

［6］光明日报.二十四史[M].北京：光明日报出版社，2018.

［7］司马迁.史记[M].北京：中华书局，2019.

［8］司马光.资治通鉴[M].北京：中华书局，2019.

［9］赵志伟.书声琅琅，中国古人读书生活[M].上海：上海人民出版社，2002.

［10］袁林，沈同衡.成语典故[M].沈阳：辽宁教育出版社，1981.

［11］王志民.稷下学宫公开课[M].北京：商务印书馆，2016.

［12］冯梦龙.智囊全集[M].南昌：江西教育出版社，2016.

［13］张红旗，程军.光武韬略[M].北京：昆仑出版社，2003.

［14］顾炎武.日知录集释[M].北京：中华书局，2020.

［15］缪文远，缪伟，罗永莲译注.战国策（全2册）[M].北京：中华书局，2012.

［16］洪迈.容斋随笔[M].北京：团结出版社，2020.

［17］谈迁.国榷[M].上海：上海古籍出版社，2008.

[18]赵尔巽.清史稿[M].北京：中华书局，1977.

[19]中华书局编辑部.二十四史（简体字本）[M].北京：中华书局，2000.

[20]徐珂.清稗类钞(全13册)[M].北京：中华书局，2010.

[21]段成式.酉阳杂俎[M].上海：上海古籍出版社，2012.

[22]颜之推.颜氏家训[M].北京：中华书局，2022.